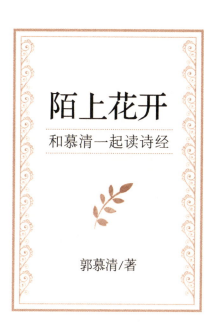

陌上花开

和慕清一起读诗经

郭慕清/著

新 华 出 版 社

图书在版编目（CIP）数据

陌上花开：和慕清一起读诗经 / 郭慕清著. —北京：新华出版社，2017.5

ISBN 978-7-5166-3137-9

Ⅰ. ①陌… Ⅱ. ①郭… Ⅲ. ①《诗经》—诗歌欣赏 Ⅳ. ①I207.222

中国版本图书馆CIP数据核字（2017）第050755号

陌上花开：和慕清一起读诗经

作 者：郭慕清

选题策划：要力石 策划编辑：刘燕玲
责任编辑：祝玉婷 责任校对：刘保利
责任印制：廖成华 装帧设计：李尘工作室

出版发行：新华出版社
地 址：北京市石景山区京原路 8 号 邮 编：100040
网 址：http://www.xinhuapub.com
经 销：新华书店
新华出版社天猫旗舰店、京东旗舰店及各大网店
购书热线：010-63077122 中国新闻书店购书热线：010-63072012

照 排：李尘工作室
印 刷：北京凯达印务有限公司

成品尺寸：130mm×185mm
印 张：9.75 字 数：156千字
版 次：2017年5月第一版 印 次：2017年5月第一次印刷

书 号：ISBN 978-7-5166-3137-9
定 价：48.00元

图书如有印装问题，请与出版社联系调换：010-63077101

目录

目录

卷首语

我们为什么要读诗经

　　我组织读《诗经》活动，已有一年多了，目前有近两百人和我一起学习。很多人问我，为什么要组织这么多人一起学？现代人读《诗经》的意义和价值到底是什么？

　　于我而言，这些问题缘起的答案是兴趣。我很喜欢《诗经》，一直想重新认真读一读，却每每拿起，又每每搁下，总觉得需要读的书太多了，很多书很"有用"，必须现在读，马上读，方能安心。日日读书，读的却不是心中最想读的这一本，令人不胜感喟。

　　犹记得儿时，七八岁的时候，家里有一个蓝白相间的书架，上面有十几本墨绿色封面的文学选读本，有一本就是《诗经》。我经常在放学后，坐在小板凳上，背靠着书架，守着一窗的落霞，一边查字典一边读《诗经》，也偷偷地背诵过很多篇，不求甚解，只是觉得很美很美。

　　我至今不能忘怀儿时读到《诗经·小雅·鸿雁》的心情：

　　　　鸿雁于飞，肃肃其羽。之子于征，劬劳于野。爰及矜人，哀此鳏寡。

　　　　鸿雁于飞，集于中泽。之子于垣，百堵皆作。虽则劬劳，其究安宅。

鸿雁于飞，哀鸣嗷嗷。维此哲人，谓我劬劳。维彼愚人，谓我宣骄。

小时候不明白这几句诗的意思，无法体会到徭役给老百姓带来的痛苦，只是向往着鸿雁肃肃其羽，盘旋蔚蓝天际，振翅而飞的快意。长大后看宋朝崔白所画的《秋蒲蓉宾图》，秋光旖旎，荷叶枯萎泛黄，芙蓉花开正艳，顶风直立，花间鹡鸰展翅腾跃，两只鸿雁生气奕奕，振翅凌空，意在千里，总会让我想起这句"鸿雁于飞，肃肃其羽"。

这是《诗经》最初给我的美学熏陶。再次精读《诗经》，希望将这份美和诗意传递给更多的人，尽自己的力量做一些普及教育，所以我开始写解读文章，并组织了"晨起温书·和慕清一起读《诗经》"的线上读书活动，希望与更多的人分享我的读书心得，希望更多的人走进《诗经》的世界。

回到文章开头的问题，我认为读诵誊抄《诗经》是很有现实意义和价值的。为什么呢？

首先，单纯就知识储备而言，每一个中国人都应该有一定的古典文学修养，而《诗经》是我们古典文学的源头之一，是我们必备的知识基础。

著名文学家金克木先生在《书读完了》中写道："只就书籍而言，总有些书是绝大部分的书的基础，离开了这些书，其他书就无所依附，因为书籍和文化一样，总是累积起来的。"因此，我想那些不依附于其他，而被其他所依附的书，就应当是我们的必读书，或者说必备的知识基础，《诗经》就是这必不可缺少的书目中最重要的一本。

其实，在新学以前，《诗经》本就是儿童的启蒙读物，师长还常常用《诗经》来测试儿童的背诵能力，只是当下我们的文化、我们的知识积累都是离着西方近了，靠着传统远了一些。

其次，观今宜鉴古，无古不成今。《诗经》是一部百科全书，也是我国现实主义文学的滥觞，虽然三千年过去了，可它作为一面我们观察社会的镜子，依然明亮，它为我们修身养性、明辨是非提供了很多启示。

所以，孔子才说：

"小子何莫学夫诗？《诗》可以兴，可以观，可以群，可以怨。迩之事父，远之事君；多识于鸟兽虫草之名。"

《论语》中还有一个故事，可以从侧面反映《诗经》的重要性。

陈亢问于伯鱼曰："子亦有异闻乎？"对曰："未也。尝独立，鲤趋而过庭，曰：'学诗乎？'对曰：'未也。''不学诗，无以言。'鲤退而学诗。"

陈亢，又叫子禽，是孔子的学生，这个人不太地道，上面这段对白简单翻译成白话文就是：有一次陈亢问孔鲤，"你家老爷子有没有给你开小灶学习呢？"孔鲤忙摆了摆手说："没有没有！"他怕陈亢不相信自己的话，就给陈亢讲了一个生活细节。

他说，有一天，孔子一个人站在院子里，他看见了，想开溜，却被孔子叫住了，问他，"你读《诗经》了吗？"他老老实实地摇了摇头说："没有呢！"孔子说："不学《诗经》，你怎么开口说话？"孔鲤回去之后就开始认真学《诗经》了。

"不学《诗》，无以言。"看，在孔子的眼中，不学《诗经》，都不能开口说话。

再次，重温经典，阅读《诗经》，能丰沛我们的情感

5

世界，提高我们的人文素养。

当下，我们经常感慨，找一块安放情感的地方特别困难，中国人不缺乏对亲朋好友的善意表达，缺乏的是"老吾老以及人之老，幼吾幼以及人之幼"的社会情感，缺乏的是体察人心、给予陌生人关爱的能力，缺乏的是一份《诗经》中所涵养的情怀。

在紧张的社会竞争中，《诗经》就像是润滑剂，能够让德行和知识更加相契相合，让"无用"在"有用"中寻得一丝生存空间，让人找寻到一块心灵的绿地。人的精神和灵魂，总有一天是会寻根的，总会走到传统里去，那就会走到我们文化的源头《诗经》里去。

最后，重温经典，阅读《诗经》，不仅是我们抵抗粗鄙文化的方式，也是我们传承国学经典的法门。

当下的中国，那些宏大的意义正在不断被消解，我们不敢想象，再过五十年、一百年后中国人的对话会是什么样子？我们的孩子们会不会满口粗话？粗鄙文化会不会从亚文化状态"翻身做主人"，成为主流文化？

《诗经》是一条文字之河，因时间的关系，我们永远生活在它的下游，感受其芬芳，接受其哺养。在古人一咏三叹的吟诵中，我们体会着风雅颂、赋比兴，这份诗意和美好，我们的后代也值得拥有，不是吗？因此，我觉得，每一个读书人都应该做点什么，坚持点什么，**尊重点什么**。我认为，《诗经》不可丢弃，传统文化不能忘记。

我们阅读《诗经》不会产生立竿见影的经济效益，所能影响的人也非常有限，可是这是我们能做的，对抗粗鄙文化的方式，这也是我们能做的文化传承的方式。如果坚持学习且传播，在今后的山河岁月里，我们的后代能看到每一部经典，字里行间，都会有你我每一次挑灯夜读的身影。

因此，请和我一起月读《诗经》，悦读《诗经》，每月诵读《诗经》三篇，收获快乐人生。

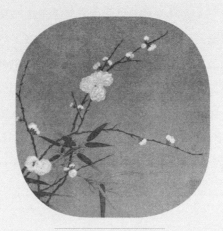

和慕清一起读诗经

一月篇

JANUARY

诗经

云自无心水自闲　一生最爱是天然

葛之覃兮[1]，施于中谷[2]；维叶萋萋[3]。黄鸟于飞[4]，集[5]于灌木；其鸣喈喈[6]。

葛之覃兮，施于中谷；维叶莫莫[7]。是刈是濩[8]，为絺为綌[9]；服之无斁[10]。

言告师氏[11]，言告言归[12]。薄污我私[13]，薄浣我衣[14]。害浣害否[15]，归宁父母[16]。

——出自《诗经·周南·葛覃》

注解

1. 葛：多年生草本植物，花紫红色，茎可做绳，纤维可织葛布，俗称夏布，其藤蔓亦可制鞋（即葛屦），夏日穿用。覃（tán）：本指延长之意，此指蔓生之藤。

2. 施（yì）：蔓延。中谷：山谷中。

3. 维：发语助词，无义。萋萋：茂盛貌。

4. 黄鸟：一说黄鹂，一说黄雀。于：作语助，无义。于飞，即飞。

5．集：栖止。

6．喈喈（jiē）：鸟鸣声。

7．莫莫：茂盛貌。

8．刈（yì）：斩，割。濩（huò）：煮。此指将葛放在水中煮。

9．絺（chī）：细的葛纤维织的布。绤（xì）：粗的葛纤维织的布。

10．斁（yì）：厌弃。

11．言：一说第一人称，一说作语助词。师氏：类似管家奴隶，或指保姆。

12．归：本指出嫁，亦可指回娘家。

13．薄：语助词，或曰为少。污（wù）：洗去污垢。私：贴身内衣。

14．浣（huàn）：洗。衣：上曰衣，下曰裳。此指外衣，或曰为礼服。

15．害（hé）：通"曷"，盍，何，疑问词。否：不。

16．归宁：回家陪伴父母，或出嫁以安父母之心。宁，安也，谓问安也。

译文

　　葛草长得长又长，漫山遍谷都有它；藤叶茂密又繁盛。黄鹂上下在飞翔，飞落栖息灌木上；鸣叫婉转声清丽。

　　葛草长得长又长，漫山遍谷都有它；藤叶茂密又繁盛。割藤蒸煮织麻忙，织细布啊织粗布；做衣穿着不厌弃。

　　告诉管家心里话，说我心想回娘家。快把内衣洗干净。洗和不洗分清楚，回娘家去看父母。

　　这是一首描写女子准备回娘家探望爹娘的诗。

　　少时读此诗，没有留下深刻的印象，只觉得字里行间白描寡淡，所描写的女子简素无华，甚是无趣。长大后再读，看到的也不过是一个女子在原野上采葛、制衣浣衣、欣喜归宁的故事，并不新奇。

　　真正让我对这首诗感兴趣，却是因为读《红楼梦》的缘故。

　　《红楼梦》第十七回，讲的是元春省亲前贾府的琐碎家事。当时大观园已经建造完成，尚欠匾额未题词，贾政带领门下清客参观，因闻听塾师赞宝玉对对联有才情，便想借此机会试试儿子的学问。

在行至稻香村时，宝玉作对联：

"新绿涨添浣葛处，好云香护采芹人。"

我不解其意，特别是里面"浣葛"二字，查了资料，才知道出自《诗经·周南·葛覃》。

宝玉在这里用"浣葛"喻元春省亲，《红楼梦》中，归宁一事浩浩荡荡，元春乘着绣凤版舆，缓缓而来，大观园里，帐舞蟠龙，帘飞彩凤，鼎焚百合之香，瓶插长春之蕊，一派富贵景象，可也乏味得很。会见的礼仪多而繁杂，何处更衣，何处燕坐，何处受礼，何处开宴，何处退息，皆有规范，贾府上下唯恐失了规矩，各个都小心谨慎，不得自在。

不似《葛覃》。女子想回娘家了，告知家人，洗完衣服，就回了，一举一动都自自然然，无拘无束，读之，一股清气扑面而来，溢素襟，满乾坤。

夏日的原野，无边的绿意覆盖了大地，河水潺潺流淌，一片青青的葛藤，蔓延在幽静的山谷，风轻轻吹起，枝叶伴着黄鸟俏皮的唧啾声，窸窣和鸣。女子采了一早晨的葛叶,有些累了,伸了个懒腰,抬头望天,那灿烂的骄阳,透过枝桠间的缝隙,洒在她红润的脸上,有些刺眼,她忙低下头,眯起了眼睛,却在不经意间瞥见树叶上一滴晶莹剔透的露珠,正顺着叶脉的细纹滑落。

她从小就在这片天地间生活,一切都那么的熟悉,一望无垠的原野苍翠葱郁,如同她的家一样,温暖的阳光、新鲜的藤叶、潮湿的土地、啼鸣的黄鸟就是她的亲人。只要是在家里,无论是怡然起舞,还是俯身劳作,粗茶淡饭,荆钗布裙,都能让人感到自由而快乐,不是吗?

采回家的葛蔓和枝叶,煮泡后,在月明星稀的夜晚,织布制衣,晨起,喜滋滋地试穿,临水而照,巧笑倩兮,美目盼兮,不胜美矣,想起从采葛、刈藤,到濩布、缝衣整个过程,都不曾假他人之手,全由自己辛劳成就,心中泛起的喜悦和自豪便抑制不住,急于与人分享。那不如回娘家吧?于是,告师氏,浣衣服,归宁看爹娘。

先秦时代的女子,是有朴素劳作传统的。她们在出阁之前,"十年不出,姆教婉娩听从。执麻枲,治丝茧,织纴组紃,学女事,以共衣服"。《诗经》中就有大量描述女子劳作的句子,如"参差荇菜,左右流之",还有"采采卷耳,不盈顷筐",等等。在当时,哪怕是君主千金也是要做农活的,要采桑织布,因为礼教对人性压抑的还不多,倒也自由自在,粉黛不施,一派天然。

然而,先秦以后的女子,特别是贵族女子,要守的规矩太多太多了,她们被局促在一个个小小的庭院里,抬头能看到的只剩下了那四角四方的天,妇道、妇容、妇德、妇功像是一重又一重的枷锁,落在了她们柔弱的肩膀上,让她们大多都成了可怜人。

电视剧《甄嬛传》中,华妃因为皇上多给甄嬛一斛螺子黛而大动肝火,我每每看到这个场景,心里就觉得好笑,不过是一个眉粉而已,都需男子赏赐,还要争得面红耳赤、鸡飞狗跳。倘若不小心被男子碰触了一下胳膊,竟要断臂,以示贞烈,女子沦落为男子的附庸和婢妾,柔顺得过了分。

在中国悠久的历史长河中,产生了无数灿若星汉的华章巨制、诗词歌赋,可对女子的描写很多都是扁平而单薄的。

她们要么满怀春闺怨,"朝喜花艳春,暮悲花委尘。不悲花落早,悲妾似花身";要么泣泪怅然,"玉容寂寞泪阑干,梨花一枝春带雨";要么寂寞对空山,"独倚望江楼，过尽千帆都不是，斜晖脉脉水悠悠，肠断白蘋洲"；要么就是化化妆，聊作消遣，"鬓云欲度香腮雪，懒起画蛾眉，弄妆梳洗迟"，像是泛舟采莲，"荷叶罗裙一色裁，芙蓉向脸两边开"这样清新的诗句并没有很多。

这些诗中的女子，美则美矣，却不如先秦女子那么灵动自然了，多少有点僵僵呆呆的味道。

《葛覃》中的女子宛如原野上一株自由自在生长的出水芙蓉，她的美是舒展的，她是一个完完整整、天然无饰的人，她随风招展，向着太阳，散发着清香，充满了力量，生机勃勃，这是一个女子该有的潇洒姿态。

要知这世界倘若有万千事物，便会有万万千的修饰，更有万万千的婆娑，素净自在很难很难，还好有《诗经》，一首《葛覃》，未被尘侵，她懂我们，哪怕穿了再多的外衣，戴了再多的面具，其实一生最爱的还是天然，还是那无边辽阔的原野和自在生长的藤蔓。

红颜未老恩先断　斜倚熏笼坐到明

江有汜[1]，之子归[2]，不我以[3]。不我以，其后也悔。

江有渚[4]，之子归，不我与[5]。不我与，其后也处[6]。

江有沱[7]，之子归，不我过[8]。不我过，其啸也歌[9]。

——出自《诗经·召南·江有汜》

注解

1. 汜（sì）：由主流分出而复汇合的河水。

2. 归：荣归故里。

3. 以：用。"不我以"是倒文，即不用我，不需要我了。

4. 渚（zhǔ）：江水分而又合，江心中出现的小洲叫作渚，王先谦《诗三家义集疏》："水中小洲曰渚，洲旁小水亦称渚。"

5. 不我与：不与我相聚。

6. 处：忧愁。

7. 沱（tuó）：江水的支流。

8. 过：到。不我过，不到我这里来。

9. 啸：一说蹙口出声，以抒愤懑之气，一说号哭。啸也歌：边哭边唱。

译文

　　大江也有水倒流，这个人儿回故里，不肯带我一同去。不肯带我一同去，将来懊悔来不及。

　　大江也有小的洲，这个人儿回故里，不再相聚便离去。不再相聚便离去，将来忧伤定不已。

　　大江也会有支流，这个人儿回故里，不见一面就离去。不见一面就离去，将来号哭有何益。

　　身为女子，我是很不喜欢这种弃妇诗的。

　　悲哀的是，古代男子妻妾成群，女子柔弱而无辜，很多时候都是"红颜未老恩先断，斜倚熏笼坐到明"，像《江有汜》这种弃妇诗，不胜枚举。

　　这是古代文人爱写弃妇诗的原因之一。

　　古代男子还有一句口头语，"兄弟如手足，妻子如衣服"。据说，这句话始于刘备，他在与关羽、张飞桃园三结义时说，"衣服破，尚可缝；手足断，安可续？"

先秦时代，很多女子身似浮萍，命如草芥，地位低下，在这样的社会环境中，《江有汜》中这位弃妇内心的痛苦，闻之者悲。

她住在江边，丈夫曾溯江而来，如今又离她远去，要回故乡，却不携她一起前往，是个负心汉、薄情郎。在这三章诗中，她以"不我以""不我与""不我过"来痛陈丈夫的薄情寡义。先说，丈夫要荣归故里了，不需要她了；再言，不和她相见相聚；最后说，干脆不回她的住处了，避而不见。

诗中的女子，预言丈夫会因为今日的背弃行为，而遭受到惩罚，今日越绝情，日后就越会懊恨不已。她的"其后也悔""其后也处""其啸也歌"，一唱三叹，柔中带刚，柔中带怒，一种因爱生恨、又爱又恨的情绪跃然纸上。

事实上，这只是女子的假想之辞，她的丈夫可能时过境迁，再度娶妻纳妾，坐享齐人之福，甚至也可能不会念及她的半分好处，就像是我们总会一厢情愿地认为坏人一定要有坏报一样，实际上，他们可能活得好着呢！

这种毫无根据地想象来想象去，也是我不喜欢弃妇诗的原因之一。如果女子遭遇情感的背叛，当奋发自强，快意人生，倘若再相逢时，也要傲然美丽，让对方懊恨当年的背叛。被负之人的"悔"应该是这种后悔，而不是女子终日临水照花，顾影自怜，什么都不做，徒自忧伤，假想对方会幡然悔悟，回来找寻自己。

当然，我们无法越过时代的局限去要求古代女子自强不息，但是现代女性面对这种情景时，是不是应该有稍许的体面和尊严呢？

古诗中，最被熟知的"弃妇诗"大抵是《长门怨》了。

西汉武帝时，皇后陈阿娇嫉妒卫子夫生子，以巫蛊迫害之。不料东窗事发，惹怒龙颜，被贬谪长门宫。阿娇失宠幽居，不甘心终老于冷宫，想起昔日刘彻曾经多次夸赞司马相如辞赋才华，便请母亲馆陶公主以千金为酬，为其作《长门赋》，诉说悲愁，希望刘彻能够念及往日情分，再度宠爱她。

一曲《长门赋》，将失宠女子的千古愁闷悲思，描写得淋漓尽致。可遗憾的是，即使长门花泣一枝春，争奈君恩别处新，那句"若得阿娇作妇，当作金屋贮之"的誓言，早已经散落在风中，零落成泥，帝王之心再也不起一丝微澜。

当年宠冠后宫的"掌上明珠"，或许在漏夜时分，蜷倚珊瑚枕，流尽千行泪，月皎风冷，不是思君，怕是要恨君了。

长门怨，是陈阿娇之怨，是女子之怨，可又不全是女子之怨。

古往今来，很多失意文人以"弃妇"自况，抒发见弃于"君王"的不满与坎坷，借他人之酒浇自己内心之块垒。这可能是古代文人爱写弃妇诗的第二个原因。

如果仔细翻看古代诗篇，你会发现，单单是以《长门怨》命名的诗，流传下来的大概也有上百首了，更别提在浩若烟海的历史中那些散落如尘埃的诗句了。

"弃妇"何其多哉？

比如，写"仰天大笑出门去，我辈岂是蓬蒿人"的李白，也曾幽幽写道：

桂殿长愁不记春，
黄金四屋起秋尘。
夜悬明镜青天上，
独照长门宫里人。

还有，写"夜阑卧听风吹雨，铁马冰河入梦来"的铮铮男儿陆游，也曾作《长门怨》两首。

其一：

> 寒风号有声，寒日惨无晖。
>
> 空房不敢恨，但怀岁暮悲。
>
> 早知获谴速，悔不承恩迟。
>
> 声当彻九天，泪当达九泉。
>
> 死犹复见思，生当长弃捐。

其二：

> 未央宫中花月夕，歌舞称觞天咫尺。
>
> 从来所恃独君王，一日谗兴谁为直？
>
> 咫尺之天今万里，空在长安一城里。
>
> 春风时送箫韶声，独掩罗巾泪如洗。
>
> 泪如洗兮天不知，此生再见应无期。
>
> 不如南粤匈奴使，航海梯山有到时！

读这些诗，不难发现，诗人内心的情绪是复杂的。

虽说，世界之大，奥妙无穷，别处也有欢娱，可露湿晴花春殿香，月明歌舞在昭阳，他们"学而优则仕"之心，从未曾改，总觉"承恩"才乐趣无穷。所以他们在描写弃妇精神空虚、心怀幽怨的同时，也将自己抑郁惆怅的身影和壮志难酬的悲凉，融化在诗中。

君恩消，妇人苦，夫子亦苦。

他们借弃妇为引子，排解内心的烦闷和愁苦，舒展内心，求得解脱，但是他们虽描写弃妇，却又不敢在诗中过于怨怼"君主"，所以很多诗中所呈现出来的情感，不像《江有汜》中那么悲怆和愤慨，而是淡而化之了。

回首悲凉便陈迹　凯风吹尽棘成薪

凯风¹自南，吹彼棘心²。棘心夭夭³，母氏劬劳⁴。

凯风自南，吹彼棘薪⁵。母氏圣善⁶，我无令⁷人。

爰⁸有寒泉？在浚⁹之下。有子七人，母氏劳苦。

睍睆¹⁰黄鸟¹¹，载¹²好其音。有子七人，莫慰母心。

——出自《诗经·邶风·凯风》

注解

1. 凯风：和风。一说南风，夏天的风。《礼疏》引李巡
   曰："南风长养，万物喜乐，故曰凯风。"

2. 棘：落叶灌木，即酸枣。枝上多刺，开黄绿色小花，
   实小，味酸。心：指纤小尖刺。用来自喻。

3. 夭夭：树木嫩壮貌。

4. 劬（qú）：辛苦。劬劳：操劳。

5. 棘薪：长到可以当柴烧的酸枣树。

6. 圣善：明理而有美德。

7.令：善。

8.爰（yuán）：何处；一说发语词，无义。

9.浚：卫国地名。

10.睍睆（xiàn huǎn）：犹"间关"，清和婉转的鸟鸣声。一说美丽、好看。

11.黄鸟：黄雀。朱熹《诗集传》："言黄鸟犹能好其音以悦人，而我七子。独不能慰悦母心哉。"

12.载：传载，载送。

译文

　　飘飘和风自南来，吹拂酸枣小树心。树心还细太娇嫩，母亲实在很辛勤。

　　飘飘和风自南来，吹拂酸枣粗枝条。母亲明理有美德，我不成器难回报。

　　寒泉寒泉水清凉，源头就在那浚土。儿子纵然有七个，母亲仍是很劳苦。

　　小小黄雀婉转鸣，声音悠扬真动听。儿子纵然有七个，不能宽慰慈母心。

　　凯风寒泉之思，写的是子女感念亲恩，每一次读到这首颂母诗，总会心有戚戚焉，有一种酸涩的情绪萦绕心头。

然而，同样是爱，子女对于母亲的关爱，较之于母亲对子女的爱，实在是浅薄得很，没有那么深沉，也没有那么无私。

"凯风自南，吹彼棘心。棘心夭夭，母氏劬劳。"母爱犹如阳春三月和煦的暖风，吹拂广袤的大地，河冰因此而融化，河水因此而潺潺，花儿因此而开，树木因此而发芽，整个世界葱翠葳郁，就连那山脚下一株不起眼的酸枣树也能开出黄色的小花，在春风中摇曳，一寸一寸地生长，报答三春晖。

"妈妈"是每个孩子呱呱坠地后最先会说的两个字，孩子是女人一辈子最不能割舍的牵挂。"为母则刚"，孩子是她们最深厚的力量源泉，"只要你过得好，妈妈吃再多的苦，都值得"，这句简单的话我们听过太多次，可每一次听到，都会眼角噙泪，青衫湿，无言对。

古往今来，我们听过太多故事、看过太多文章写母恩，比如孟母三迁、岳母刺字，读这首《凯风》，看到诗中那句"凯风自南，吹彼棘薪。母氏圣善，我无令人"，让我想起"画荻教子"的故事。

这个故事里的主人公是欧阳修，他是宋朝大文学家、政治家，他的《醉翁亭记》，文思浩渺，山光水色，诗情画意，每每读到那段：

若夫日出而林霏开，云归而岩穴暝，晦明变化者，山间之朝暮也。野芳发而幽香，佳木秀而繁阴，风霜高洁，水落而石出者，山间之四时也。朝而往，暮而归，四时之景不同，而乐亦无穷也。

整个人顿觉俗尘尽洗，日丽月朗，神清气爽。

然而，《宋史·欧阳修传》记载："家贫，致以荻画地学书。"他虽生于官宦家庭，可四岁那年，父亲去世，只留下他和母亲相依为命，日子过得窘迫，眼看到了他上学的年纪，可家里的日子捉襟见肘，连纸笔都买不起，其母郑氏，痛心不已，一日看到自家茅屋前的池塘边荻草茂密，突发奇想，用荻草在地上写字，不是和毛笔一样吗？

于是，郑氏用荻草秆当笔，铺沙当纸，请不起先生教书，就自己当老师，在地上一笔一画地教儿子写字，反复练习，风吹沙卷，日复一日，欧阳修天资聪颖，很快爱上了诗书，最终考取了功名，成为文坛大家。

母亲是孩子的第一个老师，倘若没有当年的"画荻教子"，何来蜚声文坛、千古留名的一代文豪呢？对于郑氏来说，儿子的成绩也可以宽慰其当年的辛劳了。

不像诗中那位儿子所述，"母氏圣善，我无令人"，"有子七人，母氏劳苦"，母亲一生辛苦操劳，自己却没有成材，虽然母亲生养了七个孩子，却不能让母亲省心享福，心中愧疚不已。

诗中这几句，大抵是很多普通人的心酸吧。

穆旦在《冥想》一诗中写道："这才知道我的全部努力，不过完成了普通的生活。"是的，我们很多人在生活的泥潭中挣扎拼搏一生，却一事无成，成了沧海一粟中最不起眼的尘埃，别提什么衣锦还乡了，有些时候，甚至当父母有事、家中有难时，都无法伸以援手，捶胸顿足，只恨自己无用。

或许，午夜梦回时，望着那一卷西窗月，是可以谅解自己的。毕竟拼搏过，毕竟奋斗过，但当看到母亲背影佝偻的那一刹那，内心还是悔恨的，"母氏圣善，我无令人"，亲恩难报啊！

清代，黄景仁作过一首诗《别老母》，我每次读时，总会眼眶湿湿的：

> 牵帷拜母河梁去，白发愁看泪眼枯。
>
> 惨惨柴门风雪夜，此时有子不如无。

因为要去河梁谋生，不得不离开老母亲。风雪夜里离乡，掀开帷帐，看见年迈的母亲坐在昏暗的灯光下，白发苍苍，泪流满面，孤苦伶仃，不由得感叹，"此时有子不如无"，养儿子又有什么用，倒不如没有啊。

这和《凯风》中那句"有子七人，莫慰母心"所描述的情感是一样的，就算是有儿子七人，却还是让老母亲辛苦操劳，不能安慰母亲的心，这简简单单的几个字里，饱含了子女对母亲的亏欠。

谁不想承欢膝下？可人生中有太多的为难，家国之间有太多的遗憾和抱歉，很多的委屈都给了父母去默默承担。特别是在父母身体不好的时候，我们恨不得插上翅膀飞到父母跟前，可是还有责任、岗位等诸多牵绊，不能尽孝于床前，心中的那份深深的自责，对每一个远离故土、异乡奋斗的人来说，都不陌生。

这个世界上，唯一不会辜负你的人就是你的母亲，听到最多的宽慰也大多来自母亲。每一个母亲都恨不得把她能有的全部给了孩子，想把全世界的好东西都给自己的孩子，而孩子一点点微不足道的回报，她总会思忖良久，思前想后，怕对孩子不好。

就像是陶侃母亲湛氏的"退鲊责儿"。

提起陶侃，可能很多人不知道这位东晋名将，可他曾孙的大名却妇孺皆知，那就是写"采菊东南下，悠然见南山"的陶渊明。陶侃被封长沙郡公，官至大司马，在平定王敦、苏峻的两次叛乱中，战功赫赫，是东晋朝廷的中枢、江东的一流人物。每一个成功男人的背后总是有一位默默付出的女人，对于陶侃来说，这个女人就是他的母亲湛氏。

《世说新语》记载了"陶侃留客"的故事。他的好友范逵很有名望，被推荐为孝廉，有一次和朋友一起外出，途经新淦，冰雪封道，天寒地冻，且天色已晚，便到陶侃家借宿，可是陶侃家贫，室如悬磬，无米下炊，实在是没有办法招待客人。陶侃和范逵面面相觑，甚是尴尬。湛氏沏茶倒水，招待客人落座，悄声对陶侃说："汝但出外留客，吾自为计。"

湛氏口袋中无银两，便趁着客人闲坐寒暄之际，将自己一头乌黑的青丝剪下，编成假发卖给邻人，卖得数斛米和酒菜。可冰天雪地里，做饭的柴火、喂马的草料无处寻觅，她思来想去，便"斫诸屋柱，悉割半为薪，锉诸荐以为马草"，将茅屋的柱子都削下一半来做柴烧，把草垫子都剁了做草料喂马。临行时，陶侃送了一程又一程，快要送了百里地，还不肯回，范逵等人感动不已，回京后在羊晫、顾荣等人面前对陶侃大加赞赏，一时间，陶侃的美名远播。

后来，陶侃经人引荐，在浔阳做县吏的时候，监管渔业，想到母亲还在乡下过着清贫的生活，心里很不安，万分惦念。有一次，他的一名部下出差公干，沿途会经过他的老家，他便让其带了一坛子咸鱼干给母亲，让她也尝尝浔阳特产，以表孝心。

湛氏很高兴。然而，当她读完儿子来信，便询问这坛咸鱼是否为公家的，得知详情后，她心情很沉重，拿起笔，在纸上写了一个"封"字，贴在坛口，对来人说公家的东西不能收，虽然只是一坛并不贵重的咸鱼，并请来人交还陶侃。

她还在信中写道："尔为吏，以官物遗我，非惟不能益吾，乃以增吾忧矣。"湛氏"退鲊责儿"的故事，教育和影响了陶侃的一生，也值得今人学习。

　　《凯风》是《诗经》中少有的描写母子之情的名篇，它为后世描写母子之情开了先河，感人至深。真愿每一个读此诗的人，都能常怀凯风寒泉之思，感念母恩，记得百善孝为先，行孝不能等，常回家看看。

和慕清一起读诗经

二月篇

FEBRUARY

诗经

蓼茸蒿笋试春盘　人间有味是清欢

考槃[1]在涧，硕人[2]之宽。独寐寤言[3]，永矢弗谖[4]。

考槃在阿[5]，硕人之薖[6]。独寐寤歌，永矢弗过[7]。

考槃在陆[8]，硕人之轴[9]。独寐寤宿，永矢弗告[10]。

——出自《诗经·卫风·考槃》

注解

1. 考槃：盘桓之意，指避世隐居。考：筑成。槃：木屋，姚际恒《诗经通论》引《左传》"考仲子之宫"句。另一说槃为木盘。

2. 硕人：大人、美人、贤人。指形象高大丰满的人，不仅指形体而言，更主要指人道德高尚，既可指男人，也可指女人。

3. 寐：睡着；寤：睡醒。独寐寤言：独睡，独醒，独说话，即过日子。

4. 矢：同"誓"。谖（xuān）：忘却。

5. 阿：山阿，山的曲隅。一说山坡。

6. 薖（kē）：貌美，引为心胸宽大。

7. 过：失也，失亦忘也。

8. 陆：高平曰陆。一说土丘。

9. 轴：本意是车轴，引申为盘旋的地方，有徘徊往复、自由自在的意思。一说美貌。

10. 告：哀告，诉苦，哀诉。

译文

架起木屋溪谷旁，贤人觉得很宽敞。独睡独醒独说话，这种乐趣誓不忘。

架起木屋在山坡，贤人当它安乐窝。独睡独醒独说话，发誓跟人不结伙。

架起木屋在高原，兜兜圈子真悠闲。独睡独醒独说话，此种乐趣不能言。

人活在这个世界上，有千万种活法。

有的是壮怀激烈，"三十功名尘与土，八千里路云和月"；有的是无尽哀叹，"问君能有几多愁，恰似一江春水向东流"；也有的像《考槃》中的君子一般，"独寐寤言，永矢弗谖"，不计尘世烦扰，散淡度日，自有一种独居的清欢和雅趣。

"考槃"二字，作何意？自古以来，聚讼纷纷。

一种意见认为，"考"，扣也；"槃"为一种器皿，同"盘"，敲盘而歌，就如同庄子"鼓盆而歌"，君子面对一泓静静的碧水，却敲盘而高歌，读来总觉得有些放浪形骸的味道。

还有一种意见认为，"考"是筑成之意，《左传》中就有"考仲子之宫"一句，"槃"从字形上看，也可明白是为"架木为室"，"考槃"指的是君子不追名逐利，在林间溪畔修建小木屋，隐遁红尘，过着离群索居、简素无华的生活。

我个人比较喜欢后一种说法，总觉得这首诗按此读来，唇颊留香，内心也犹如诗中君子那般澄澈和宁静。想象一下，一位谦谦君子，朗目疏眉，玉树临风，远离尘世喧嚣，不去管西山在远，东风欲狂，傍山枕水而居，在木屋的庭前种几棵修竹、几棵兰草，星夜时分，品茶读书，不亦乐哉，不亦快哉。

这首诗让我想起了晚明风流才子屠隆，他亦视轩冕为浮云，悠然林泉之间，评书论画，涤烟修琴，焚香试茗，相鹤观鱼，他所著《考槃馀事》一书，追溯了古人雅致的生活情趣，靡不尽其妙，萧然无世俗之思，那几分闲适之情，跃然纸上。

古往今来，选择隐居不出的文人雅士，都有几分相似，他们大多傲然独特，任情不羁，或是浪迹山水，眠风餐莲，或是登山采药，求仙参禅，总之就是淡泊名利。

不过隐居，也是有分别的。

有的属于得第之后等候选官，也有的属于罢官之后等待再录，这属于"待时而隐"。他们虽然身在草莽民间，却依旧怀揣庙堂，他们期待着隐居待时，一出即为王者师，他们出世是为了更好地入世，隐居是出仕的预备阶段。这和诗中的"硕人"有所不同，他不眷恋名利，是自愿归隐，所以才能自得其乐，风光霁月，皆存于心。

要知道这首诗创作的时代，诸侯纷争，中原争雄，狼烟四起，国门之内党争机关算尽，兄弟相残，权力倾轧，国门之外战火频仍，一言不合就彼此讨伐。诗人生活的卫国势弱力薄，更是不得不在夹缝中生存。

在那样一个时代，很多君王为攻城略地，争霸于诸侯，大都求贤若渴，很多人顺势而为。比如百里奚，从一介奴隶成了一代名相，秦穆公不过花费了五张黑羊皮而已，更有"傅说举于版筑之间，胶鬲举于鱼盐之中，管夷吾举于士，孙叔敖举于海"之说，像张仪，出生寒微卑贱，凭借三寸不烂之舌纵横诸侯之间，深受君主重用。

那个年代，"硕人"是有用武之地的，一朝功成名就，可能就权倾天下了。可是名利场上没有永远的"炙手可热"，"眼见他起朱楼，眼见他宴宾客，眼见他楼塌了"，兴衰更迭这种事是最平常不过了。

更有甚者，像孔子的得意门生子路，一着不慎，成了权力的殉葬品，在卫国一场充满戏剧性的宫廷政变中，稀里糊涂地掉了脑袋，真真是可惜了他的一身才华。

所以，孔子才说，"危邦不入，乱邦不居。天下有道则现，无道则隐"。

这个道理，诗中的"硕人"也明白，当时卫国君王荒淫无道，所以他才甘愿隐居山野荒村，与清风白云为伍，过着与世无争、悠然自得的日子，就像陶渊明，不肯为五斗米折腰，辞官归隐，采菊东篱下，悠然见南山。

这种归隐和"待时而隐"不同。"待时而隐"很多时候是迫不得已的，他们纵使览尽千山暮雪，内心也是不平静的，起起伏伏，总是会为时局纷扰，有太多的放不下，所以不能够真正体会到山水之雅乐、独处之清欢。

然而，独处却是心灵丰盈成长不可缺少的空间。这首《考槃》堪称后代隐逸诗歌之宗，它最妙的就在于这几个"独"字："独寐寤言""独寐寤歌""独寐寤宿"。

诗中对"硕人"日常独处的生活这寥寥几笔刻画，像是电影里的特写，他自个儿自斟自唱，自个儿漫步山林，自个儿睡去复醒，自个儿放声高歌。就像是许由和巢父不贪恋富贵，避尧帝而隐居，草堂高卧，觉而赋歌，享受着这份孤清自在。有时候，心中没有人世烦扰，也便能够装得下这天地之宽之邈远了。

这样的日子，一壶酒，一卷书，一山苍翠，枕天席地，清茶野餐，其乐陶陶。苏东坡有一阕词，写了这种与天地山川相容相悦的清淡欢愉，"西雨斜风作小寒，淡烟疏柳媚晴滩。入淮清洛渐漫漫，雪沫乳花浮午盏。蓼茸蒿笋试春盘，人间有味是清欢"。

人生最有滋味的时刻，或许不在于迎来送往时的"八面玲珑"，也不在鲜花着锦、烈火烹油那一瞬的万人瞩目，而在于那一份安享天地的清欢，在于为心灵松绑的那一瞬自自然然、无拘无束的生命状态。

"山中何所有？岭上多白云。"

　　其实，有时候白云不在山巅，而在人心间。一个人能否活得自在妥帖，无关乎身在何处，而在于能否觅得一方宁静的心灵净土，这也是这首诗对现代人的启示。

燕子离时惜相送　不堪离别泪湿衣

　　燕燕[1]于飞，差池其羽[2]。之子于归，远送于野。瞻望弗及[3]，泣涕如雨！

　　燕燕于飞，颉之颃之[4]。之子于归，远于将[5]之。瞻望弗及，伫[6]立以泣！

　　燕燕于飞，下上其音。之子于归，远送于南。瞻望弗及，实劳我心！

　　仲氏任只[7]，其心塞渊[8]。终温且惠，淑慎[9]其身。"先君[10]之思"，以勖寡人[11]！

　　　　　　　　　——出自《诗经·邶风·燕燕》

注解

1. 燕燕：即燕子。
2. 差池（chí）：义同"参差"。差池其羽：形容燕子张舒其尾翼。
3. 瞻：往前看；弗：不能。

4．颉（xié）：上飞。颃（háng）：下飞。

5．将（jiāng）：送。

6．伫：久立等待。

7．仲：兄弟或姐妹中排行第二者。指二妹。氏：姓氏。
任：信任。只：语助词。

8．塞（sè）：诚实。渊：深厚。

9．淑：善良。慎：谨慎。

10．先君：已故的国君。

11．勖（xù）：勉励。寡人：寡德之人，国君对自己的谦
称。

译文

　　燕子飞翔天上，参差舒展翅膀。妹子今日远嫁，相送
郊野路旁。瞻望不见人影，泪流纷如雨降！

　　燕子飞翔天上，身姿忽下忽上。妹子今日远嫁，相送
不嫌路长。瞻望不见人影，伫立满面泪淌！

　　燕子飞翔天上，鸣音呢喃低唱。妹子今日远嫁，相送
远去南方。瞻望不见人影，实在痛心悲伤！

　　二妹诚信稳当，思虑切实深长。温和而又恭顺，为人
谨慎善良。常常想着父王，叮咛响我耳旁！

还记得儿时，刚学会拿筷子，一家人围坐在昏黄色的灯光下吃饭，母亲看见我握筷子时，手指握在筷子上方，便叹息道："闺女以后要嫁人嫁得远哦！"

我们家乡有个说法，女子手指握筷子的高度，与嫁人离家距离远近正相关。《燕燕》中的女子，大概就属于那种握筷子握得高的女子，所以远嫁千里。

用我们现在交通时速来说，女子无论是从鲁国嫁到齐国，还是从卫国嫁到郑国，诸如此类，都不过是省际婚礼，有的甚至还在同一个省，并不算什么远嫁。可先秦时代，交通不方便，道阻且长，离开父母亲朋庇护，远嫁他乡，对于任何一个女子来说，都是天大的事，所以，送嫁就成了古诗中常常被描绘的情景。

而且远嫁女子，离家去国，很多时候，都是怀揣着前途渺茫的心情走的。"之子于归，远送于野""之子于归，远送将之""之子于归，远送于南"，都不胜悲凉，特别是王室之间的政治婚姻，多是利益纠葛的结果，便更加让人忧伤。

女子势单力薄，常常被用来当作中和两方冲突的工具，所以，她们对今后会不会幸福、所嫁郎君是否合心意、饮食习惯是否合脾胃等等，全然不知。

就像是《红楼梦》里的探春，虽也是一个削肩细腰、俊眼修眉、顾盼神飞的妙人，还有"玫瑰花"的诨名，在抄检大观园时，她居然还扇了王善保家的一巴掌，泼辣得很，连王熙凤都忌惮她三分，却也身不由己，南海戡乱，她不得不远嫁海岛藩王。

真真是"一帆风雨路三千，把骨肉家园齐来抛闪"，家人送嫁的心情大抵也是"清明涕送江边望，千里东风一梦遥"吧！

我甚至觉得，送别的场景也和《燕燕》中描写的相似，"瞻望弗及，泣涕如雨""瞻望弗及，伫立以泣""瞻望弗及，实劳我心"，都是行路茫茫肠欲断，也难缩系也难羁，纵然是"瑶池仙品"，到头来也得一任东西南北，各自分离。

本诗中所描写兄妹情深、依依惜别的画面，感人至深，鬼神可泣，所以，清代陈震在《读诗识小录》中说："哀在音节，使读者泪落如豆，竿头进步，在'瞻望弗及'一语。"

以"瞻望弗及"的动作情景，传达惜别之哀伤，不言说惆怅，可让人想象着相送之人踮脚眺望、眉间微蹙、挥手拭泪等动作，山高水长，送了一程又一程，诗中什么都不说，却让这份惆怅力透纸背。

"瞻望弗及""伫立以泣"的形象也出现在历代的送别诗中。

比如，"燕子来时人送客，不堪离别泪湿衣"。

比如，"浮云游子意，落日故人情。挥手自兹去，萧萧班马鸣"。

比如，"南浦凄凄别，西风袅袅秋。一看肠已断，好去莫回头"。

还有很多送别诗，都曾从《燕燕》一诗中取经。

窃以为，这些诗与《燕燕》有所同，也有所不同。

《燕燕》描写送别，却不止于悲伤，它以飞燕起兴，带有一点家人对远嫁女子的美好祝愿，"燕燕于飞，差池其羽"，轻盈燕子双双飞，一前一后紧相随，有祝愿夫妇和美的愿景在。

要知道，燕子在每年冬季来临前，总是会南飞，从寒冷的北方飞到遥远的南方，去享受温暖的阳光和湿润的空气，而将凛冽的寒风和冰封的田野留给了从不南飞过冬的松鸡、山雀。"之子于归，远送于南"所描写的画面里，南方亦然会是幸福乐园，远嫁女子，纵使前路漫漫，也会得到幸福。

这首诗前三章，宛如绘画，勾勒出一幅千里送别的场景，兄妹情深溢于字里行间，乐景与哀景相融。第四章刻画了远嫁女子的美德，她为人性情柔顺善良，执手送别，相看泪眼，无语凝噎时，也勉励自己的兄长，莫忘父君，要做一个好君主。这样一个好女子，温良恭俭让，怎能不得到幸福呢？

《燕燕》一诗，送别情切，缠绵悱恻，深婉可诵，后人许多咏燕诗，无有能及者。

清代王士禛说，"万古送别之祖"，诚然也。

诗 经

昨日草枯今日青　羁人又动故乡情

谁谓河¹广？一苇杭之²。谁谓宋远？跂予³望之。

谁谓河广？曾不容刀⁴。谁谓宋远？曾不崇朝⁵。

——出自《诗经·卫风·河广》

注解

1. 河：黄河。

2. 苇：用芦苇编的筏子。杭：通"航"。

3. 跂（qǐ）：古通"企"，踮起脚尖。予：而。

4. 曾：乃，竟；刀：小船。曾不容刀，意为黄河窄，竟
   容不下一条小船。

5. 崇朝：终朝，自旦至食时。形容时间之短。

译文

　　谁说黄河宽又广？一支苇筏可飞航。谁说宋国太遥
远？踮起脚跟即在望。

谁说黄河广又宽？其间难容一小船。谁说宋国太遥远？赶去尚及吃早餐。

有时候，人思乡情切，却不敢回家，近乡情更怯，甚至是不敢问来人，说的是久久未回故园的人，多年与家里人音讯全无，一旦返回，心里难以平静，唯恐家里发生了什么不幸。

"昨日草枯今日青，羁人又动故乡情。"

不过，更多的是，想家想得厉害时，总希望能马上就回家，吃完一碗母亲煮的阳春面，恨不得"一日千里"。

就像是李白清晨辞别五彩云霞萦绕的白帝城时，写了一句"千里江陵一日还"，江水悠悠，波兴浪卷，他却能在短短的一日之间就到了千里之外的江陵城。

"诗仙"的想象力虽奇崛夸张，然而在此处，却比不上这一首简单的《河广》。

同样面对的是碧波荡漾，在《河广》中，诗人站在黄河水的此岸，思念对岸的家乡，感慨道，"谁谓河广？一苇杭之。谁谓宋远？跂予望之。"

谁说河面广阔呀？才不是。凭一只小小的苇筏，我即可渡水而过。谁说宋国遥远？怎么会呢？你看，我踮起脚尖，就能看到故乡的渺渺炊烟。

"君不见，黄河之水天上来，奔流到海不复回。"

面对黄河的壮浪奇川、横无际涯，诗人竟要"一苇杭之"，这似乎有一点不自量力，听起来很是可笑。然而，但凡是奇特荒谬的想象力，背后必然有更加强大的情感力量助推，方能令诗人作如是想。

想家，归心似箭，恨不得一触即发，一发即达，大抵就是这样一种情愫。

诗人不可遏制的思乡之情，在字里行间，喷薄而出，也感染了读者一起去展开想象，于是，奇特的也不再奇特，荒谬的也不再荒谬，夸张的想象，成了客观的存在。

"谁谓河广？曾不容刀。谁谓宋远？曾不崇朝。"谁说黄河水面宽阔？明明就不能容纳下一艘小船。谁说宋国遥远？赶着回去，还能吃上早餐。

这一切似乎就变得合情合理。

文本的说服力，很大程度上是因为"移情"，因为那种急切的渴望回到故乡的情愫，很多人也曾有过。

不只是思念故乡这件事，任何时候，只要一个人想做一件事的欲望越强烈，信心就会越大，觉得"办法总比困难多""手可摘星辰"，何惧身边事。

这首诗中，还有一个禅宗典故，"一苇杭之"。

纵一苇之所如，凌万顷之茫然，这说的是达摩一苇渡江的故事，他是天竺国香至王第三个儿子，自幼拜在释迦牟尼大弟子摩柯迦叶之后的第二十七代佛祖般若多罗门下，有一天他问师傅，"我得到佛法后，应该怎么传化？"

他的师父，般若多罗说，你得去震旦。

"震旦"，一词出自梵文，就是中国的意思，也有黎明、曙光之意。

民国时期，还有一所震旦大学，在上海徐家汇，当时颇具声望，严复、熊希龄、张謇等人都是校董，戴望舒、徐悲鸿、高平子等都是校友。

达摩历时三年，费劲千辛万苦，到了中国，笃信佛教的梁武帝萧衍负责接待，在南京为其接风洗尘，不过两人因为主张不同，总是话不投机，"一言不合"便辞别萧衍，渡江北上。

　　然而江岸无船，也没有桥，该如何渡江？达摩无可奈何之际，看见岸边坐着一个老太太，身边放着一捆苇草，便化了一枝芦苇，放于江面，双足踏上，施施然离去。

　　所以，再反观这首诗，黄河水面宽阔，要一苇杭之，于凡人来说，是有些夸张，于神人来说，却是平常。对达摩来说，欲归天竺，"一苇杭之""曾不崇朝"，都是游刃有余，不费吹灰之力。

　　但是不管如何，回家的心情，都是急切而强烈的。

　　这种浓烈的思乡之情，是人类共有之情感，读来，不免令人动容啊！

和慕清一起读诗经

三月篇

MARCH

诗经

画得春山桃花夭　百年有结是同心

桃之夭夭[1]，灼灼其华[2]。之子于归[3]，宜[4]其室家。

桃之夭夭，有蕡[5]其实。之子于归，宜其家室。

桃之夭夭，其叶蓁蓁[6]。之子于归，宜其家人。

——出自《诗经·周南·桃夭》

注解

1. 夭夭：花朵怒放，美丽而繁华的样子。

2. 灼灼：花朵色彩鲜艳如火，明亮鲜艳的样子。华：同
   "花"。

3. 之子：这位姑娘。于归：姑娘出嫁。古代把丈夫家看
   作女子的归宿，故称"归"。于：去，往。

4. 宜：和顺、亲善。

5. 蕡（fén）：草木结实很多的样子。此处指桃实肥厚肥
   大的样子。有蕡即蕡蕡。

6. 蓁（zhēn）：草木繁密的样子，这里形容桃叶茂盛。

译文

桃花怒放千万朵，色彩鲜艳红似火。这位姑娘要出嫁，喜气洋洋归夫家。

桃花怒放千万朵，果实累累大又多。这位姑娘要出嫁，早生贵子后嗣旺。

桃花怒放千万朵，绿叶茂盛永不落。这位姑娘要出嫁，齐心协手家和睦。

几年前，著名画家白伯骅先生举办画展，邀我为其撰写画展前言，我端详先生笔下的仕女，美得百媚绽放，却又能静雅自持，没有一点恃美傲物，难能可贵，由此我便想起了这首《桃夭》，在前言中写道："世有桃花，桃之夭夭，画有佳人，灼灼其华。"

美人如花隔云端。把美人比作花始于这首诗，清代姚际恒作《诗经通论》，曾曰：

"桃花色最艳，故比喻女子，开千古词赋咏美人之祖。"

一到春天，桃花总是最早绽放，嫩绿色的叶子，轻轻托起粉红色的花朵，山涧溪边，一树又一树，一重又一重，美得不可方物。

爱美之心人皆有之，漂亮的女子走到哪里都会是关注的焦点。才子文人更是不吝笔墨，在他们看来，腮凝新荔、鼻腻鹅脂的佳人是美的；脸若银盘、眼似水杏、唇不点而红、眉不画而翠的娇媚也是美的；"轻罗小扇白兰花，回眸一笑胜星华"的国色天香更是美的。

然而，读起来似乎都不如"桃之夭夭，灼灼其华"耐人寻味。

为什么呢？

我想可能是因为静。

很多时候，美是有侵略性的，攻城略地，不啻于千军万马。很多英雄蹚过了万水千山，却难过一道美人关，比如貂蝉之于吕布，陈圆圆之于吴三桂，海伦之于帕里斯。英雄刹那间的温柔和不知所措，不过是因为那一人一倩影惊醒了一池春水，那一颦一笑颜沉醉了一叶赤子之心罢了。

这种美，如芍药。

当庭数朵开，东风与拘束，不仅引得蜜蜂来，还是"浩态狂香昔未逢，红灯烁烁绿盘笼"，艳丽之极，妖而无格。

然而，美人若桃花，却让人舒服，因其虽美却不自以为美，因其静。

民国一位作家在追忆故乡逸事时曾写道，"桃花是村中井头惟有一株，春事烂漫到难收难管，亦依然简静，一如我的小时候。"曾国藩也在岁暮写过"老柏有情还忆我，夭桃无语自开花"的诗句，这其中的"无语"二字说的也是这份静气。

桃花的静美，是家常的，有一种熟悉的尘世烟火气息，是一种现世安稳、岁月静好的知足，用《桃夭》里的话来讲，就是"宜室宜家"，"桃之夭夭"这份欢喜原本就属于寻常人家新嫁娘的欢喜。

据说，在辛亥革命以后，一些乡村里举行婚礼，还要"歌《桃夭》三章"，表达祝福和祝贺，希望这份家庭静美和气长存。此诗与祝贺新郎的《樛木》，祝福人多子多孙的《螽斯》，连在一起，编辑成书，歌而唱之，相得益彰，正如明代孔贞运所云："闺门之内，歌樛木而咏螽斯，和气蒸蒸也。"

在一个绿柳含笑、一岭桃花红锦绣的良辰吉日里，庭院深深，高朋满座，身着凤冠霞帔的新嫁娘与心爱的男子叩拜天地君亲师后，安坐芙蓉帐内，听着窗外鼓乐齐鸣，曲曲笙箫奏凤凰，想象着一个家庭就这样建立起来，人生的另一种可能此刻已经开启。

诗人接着云"之子于归，宜其室家"，又云"之子于归，宜其家室"，再云"之子于归，宜其家人"，这几句将"室""家"二字变化为各种倒文和同义词，而且反复用"宜"字，很是巧妙，是本诗的精华所在。

这三句，虽意义相近，却也有不同。

朱熹《诗集传》释云："宜者，和顺之意。室谓夫妇所居，家为一门之内。"新嫁娘为这个家庭带来了新的气象，"桃之夭夭，有蕡其实"，是在说新嫁娘为这个家开枝散叶，绵延后嗣；"宜室宜家"，则是指新嫁娘性情温婉，兰质蕙心，能与夫君、家人和睦相处，不生是非。

美人，若美得太凛冽，常伴"祸水"之怨，有"薄命"之叹，惊艳了天下，却也可能误伤自己，反倒不如"宜室宜家"的静好。绾发结情终白首，一生一世一双人，这是天下所有的女子最美的模样和梦想，便尽在《桃夭》三章了。

草木皆春色　猎马带禽归

彼茁者葭[1]，壹发五豝[2]，于嗟乎驺虞[3]！
彼茁者蓬[4]，壹发五豵[5]，于嗟乎驺虞！

——出自《诗经·召南·驺虞》

注解

1. 茁（zhuó）：草初生出地貌。葭（jiā）：芦苇。

2. 壹：发语词。发：发矢。一说壹同"一"，射满十二箭为一发。五：虚数，表示多。豝（bā）：母猪（此处因文意应为雌野猪）。

3. 于嗟乎：感叹词，表示惊异、赞美。驺虞（zōu yú）：古牧猎官名，指猎手。

4. 蓬（péng）：草名，蒿也。

5. 豵（zōng）：小猪。一岁曰豵（此处因文意应为一岁的小野猪）。

译文

　　春日田猎芦苇长，箭箭射在雌野猪上，哎呀！猎人射技真高强！

　　春日田猎蓬蒿生，箭箭射在小野猪上，哎呀！猎人射技真高强！

　　这是一首赞美猎人的诗。

　　春日里，草色青青，桃李芳菲，万物复苏，东风吹来翠红新，绿水青山可人亲，那一片冬日里衰败的芦苇，也开始泛出一丝丝绿意，正是踏春打猎的好时节。猎人站在苍苍郁郁的田野间，听见芦苇荡深处窸窸窣窣作响，定眼一看，原来是一群小母猪，他迅速地从后背的箭筒里抽出了箭，连发连中，"壹发五豝"。

　　第二章里，诗人提到了"彼茁者蓬"，是说猎人离开了芦苇荡，又到了蓬蒿地。"蓬蒿"，蓬草和蒿草，因其草木知微、随风飘摇的形象，多被诗人引作他用。

　　如，李白曾经作诗曰："仰天大笑出门去，我辈岂是蓬蒿人"，所谓"蓬蒿人"指的是草木间人，就是未出仕的人。

　　黄庭坚也曾作《清明》一诗，由清明的百花盛开，想到荒野逝者，感慨"贤愚千载知谁是，满眼蓬蒿共一丘"，无论一个人是贤明还是愚蠢，到头来不过是"蓬蒿一丘"，这和《红楼梦》中所描述的"纵有千年铁门槛，终须一个土馒头"，意境相似。

不过，本诗里"蓬蒿"没有那么多格外的寓意，讲的是行猎之人在蓬蒿满地的原野里漫步，天高云淡，草浅兽肥，猎人慧眼如炬，弯弓搭箭，能轻松从容，不费吹灰之力，就"壹发五豵"。

诗人截取了行猎过程中的两个场景，勾勒出一个射击高超的猎人形象，"于嗟乎驺虞"，简笔淡墨，自得其妙。

仔细品味，甚至有一种欣赏中国青绿山水画的感觉。翠绿的天地间，流水淙淙，山野清风，芦蒿满地，芦苇荡漾，简单几笔勾勒出猎人穿行在草木之间的形象，将男人的"孔武有力"和春天的"柔美和煦"相契相合，一柔一刚，画面感极强。

这首诗与我们熟知的描写猎人的诗不同，比如，苏轼所作《江城子·密州出猎》：

老夫聊发少年狂，左牵黄，右擎苍，锦帽貂裘，千骑卷平冈。为报倾城随太守，亲射虎，看孙郎。

　　酒酣胸胆尚开张，鬓微霜，又何妨。持节云中，何日遣冯唐？会挽雕弓如满月，西北望，射天狼。

　　苏轼这首诗，属于"政治诗"，诗中传递了诗人强国抗敌的政治主张，抒写了渴望报效朝廷的壮志豪情。而《驺虞》诗句简单，意义也简单，写的是猎人，赞美的是猎人的阳刚之美，没有承担诗人太多的情绪表达。

　　直抒胸臆，不王顾左右而言他，这或许也是《诗经》和后世诗歌一个区别之处。

此夜曲中闻折柳　何人不起故园情

毖[1]彼泉水，亦流于淇[2]。有怀于卫，靡日不思。娈彼诸姬[3]，聊[4]与之谋。

出宿于泲[5]，饮饯[6]于祢，女子有行[7]，远父母兄弟。问我诸姑，遂及伯姊。

出宿于干，饮饯于言。载脂载辖[8]，还车言迈[9]。遄臻于卫[10]，不瑕[11]有害？

我思肥泉[12]，兹[13]之永叹。思须与漕，我心悠悠[14]。驾言出游，以写[15]我忧。

——出自《诗经·邶风·泉水》

注解

1. 毖（bì）："泌"的假借字，泉水涌流貌。
2. 淇：淇水，卫国河名。
3. 娈（luán）：美好的样子。诸姬：指卫国的同姓之女，卫君姓姬。

4. 聊：一说愿，一说姑且。

5. 沘（jǐ）、祢（nǐ）、干、言：均为地名。

6. 饯：以酒送行。

7. 行：指女子出嫁。

8. 载：发语词。脂：涂车轴的油脂。辖（xiá）：同
 "辖"，车轴两头的金属键。此处脂、辖皆作动词。

9. 还车：回转车。迈：远。

10. 遄（chuán）：疾速。臻：至。

11. 瑕：通"胡"、"何"；一说远也。

12. 肥泉、须、漕：皆卫国的城邑。肥泉一说同出异归之
 泉。

13. 兹：通"滋"，增加。

14. 悠悠：忧愁深长。

15. 写：通"泻"，除也。与"卸"音、义同。

译文

　　泉水汩汩流呀流，一直流到淇水头。梦里几回回
卫国，没有一日不思念。同姓姑娘真美丽，愿找她们想
主意。

　　出门住宿在沘，喝酒饯行在祢。姑娘要出嫁，远离父

母兄弟家。回家问候我诸姑,顺便走访大姊处。

出门住宿在干,喝酒饯行在言。抹好车油上好轴,回转车头向卫走。赶到卫国疾又快,大概不会有妨害?

我一想到那肥泉,不禁连声发长叹。想到须邑和漕邑,我心忧郁不称意。驾好车子去出游,用来书写我的愁。

古代出嫁的女儿回娘家,叫归宁。归,回也;宁,问安(父母)也。

《诗经》中有多首写女子归宁的篇目,就像我们前面读过的《葛覃》,《泉水》写的是卫女思归宁,但没有成行的故事,诗中写道"有怀于卫,靡日不思",这是一种惆怅的乡愁。

在古代,嫁出去的女儿好似泼出去的水,回娘家那可不像现代女性那么简单,买个车票,拎着大包小包就回了。旧时女子要回娘家,须先征得夫家同意,夫家要是不同意,想都甭想,所以《葛覃》中会有"言告师氏,言告言归"之句。

回去了什么时候回,是住上三五天,还是半个月,带点什么东西孝敬父母,都得听夫家安排。

　　《红楼梦》中写元春省亲，浩浩荡荡，气势庞大，贾府的人个个翘首以待。不过，如果仔细研究原著就会发现，元春"酉初刻进大明宫领宴看灯方请旨"，也就是说，元春还要在"酉"时（即下午5点～7点）陪皇上看灯后才能起身前来省亲，戌初（即晚上7点左右），才起身回娘家，话完家常，看完宝玉等一干亲眷，众人谢恩已毕，执事太监启道："时已丑正三刻，请驾回銮。"

　　这样算起来，元春省亲是晚上七点半到后半夜两点，省亲时间大约也就七个小时。而且，什么时候做什么、见什么人，都有严格的规矩，听起来似乎一点都不自在。

　　其实，这还算是好的，总是可以回娘家的，像是迎春那样，遇人不淑，嫁给了个"中山狼""无情兽"，活活地被折磨致死，娘家却无能为力的恐怕也不在少数。

　　由此可知，对于古代女子来说，回娘家，回到熟悉的家园，重温少女时代的生活，看看年迈的父母，问候熟悉的兄弟姊妹，是件天大的事，能不能回、怎么回、何时回都需要认真合计。

　　《泉水》一诗中有一句，"娈彼诸姬，聊与之谋"，很值得琢磨，诗中的主人公想要回娘家，却寻不到办法，所以想找和自己一起嫁过来的同族姐妹商量，希望能拿个主意出来，看看怎么才能回家，这便牵扯到先秦时代的婚配制度——"媵制"。

看过《芈月传》的人，应该对这种婚配制度并不陌生。秦王娶了姐姐芈姝，顺带娶了小姨子芈月，从现代人的角度来说，不合情理，可在古代却是一种常态。

《公羊传·庄公十九年》记载："媵者何？诸侯娶一国而二国往媵之，以侄娣从；侄者何？兄之子也；娣者何？弟也。诸侯一聘九女。"

这话很容易理解，诸侯娶一国之女为夫人，女方须以侄（兄弟之女）娣（妹妹）随嫁，各家女眷，一共九人。而天子规格更高，更加尊贵，媵妾的人数是十二人。自上而下，到了普通的卿、士大夫之流，怎么着也得三五人吧？

"登白蘋兮骋望，与佳期兮夕张"，屈原在《九歌·湘夫人》中，描写了湘君等待湘夫人驰神遥望、祈之不来、盼而不见的惆怅心情，人物原型是尧的两个女儿，娥皇和女英，也就是舜帝的两个媳妇，大女儿娥皇属于舜的正妻，二女儿女英则是媵侍。

古代，姐妹共侍一夫，有很多。除了娥皇、女英，在文史丹青中留名的，还有汉成帝的飞燕合德，还有唐玄宗的媳妇们，杨玉环和韩国夫人、虢国夫人、秦国夫人，后面三位分别是杨玉环的大姐、三姐、八姐，还有李煜的大、小周后。

虽然都是共侍一夫，地位却不同。妻妾差别很大，正妻的出身高于滕妾。妾在家庭中主要承担生儿育女的作用，生出的孩子还属于"庶出"，地位不高，像是《红楼梦》里的探春，是贾政和赵姨娘生的闺女，虽俊眼修眉，顾盼神飞，虽裙钗理家，却也为出身感到自卑。

古代常常称娶妻纳妾，这四个字里就有讲究。

"妻""妾"二字前面的动词不同，"娶"是明媒正娶，父母之命媒妁之言，自不必说，还要完成"三书六礼"，要有"聘书""礼书""迎书"，还要履行纳采、问名、纳吉、纳征、请期和亲迎，程序复杂，而纳妾程序就简单多了。

关于彩礼，也有不同。娶妻送到岳父家的叫"聘礼"，"纳妾"的则属于"买妾之资"。

《泉水》中主人公说，"娈彼诸姬"，应该是嫁给诸侯之家的正妻，她想回娘家了，便和自己一起嫁过来的同族姐妹倾诉愁苦，排解郁闷，想找一个法子回娘家去。

可试想一下，正妻都无计可施，何况乎那些出身微贱、不受重视的媵侍呢？问她们，无异于是缘木求鱼，她们自然也是没有办法的，一群女人在一起，七嘴八舌话故园，不过是徒增惆怅罢了。

出宿于干，饮饯于言。载脂载辖，还车言迈。遄臻于卫，不瑕有害？我思肥泉，兹之永叹。思须与漕，我心悠悠。驾言出游，以写我忧。

这些全是诗人的幻想中回娘家的情形，陈震《读诗识小录》评曰："全诗皆以冥想幻出奇文，谋与问皆非实有其事。"陈继揆《读诗臆补》也说："全诗皆虚景也。因想成幻，构出许多问答，许多路途，又想到出游写忧，其实未出中门半步也。"

欲归不得，只能付诸想象，也只能通过漫无边际、虚无缥缈的想象，来怀念家乡和父母兄弟，聊解乡愁，以慰相思之情，让人觉得思乡情切，感人至深，却又心生怜悯。

读此诗，也让人感觉古代女子身如浮萍的悲哀，庆幸自己生在现代社会，虽然生活、工作中很多事情做不了主，回趟老家看个父母，还是能自己做得了主的。古代女子嫁了人，只能是嫁鸡随鸡，嫁狗随狗，一切便全部仰仗于夫君，万事半点不由自己。

倘若碰上一个吴越王钱镠那样对老婆好的男人还算幸运的。

钱镠不仅是治国理政的一把好手，老百姓口中的"海龙王"，他所治理的江南，"境内无弃田"，土地膏腴，岁熟丰稔，对待糟糠结发之妻，也是体恤有加。庄穆夫人随其南征百战，担惊受怕、颠沛流离了一辈子，成了一国之母，经常思念家乡，钱镠允许她每年春天都回家乡看看，在娘家住上一阵子。

过去临安到郎碧要翻一座岭，一边是陡峭的山峰，一边是湍急的苕溪溪流。钱镠心细如发，怕庄穆夫人轿舆不安全，行走也不方便，就专门拨出银子，派人前去铺石修路，路旁边还加设栏杆。后来这座山岭就改名为"栏杆岭"了。

那一年，庄穆夫人又去了郎碧娘家。钱镠在杭州料理政事。一日走出宫门，见西湖堤岸春色将老，陌上花开烂漫，想到与夫人已是多日不见，思念万分。

回宫后提笔写上一封书信，寥寥数语，但却情真意切，细腻入微，其中有这么一句，"陌上花开，可缓缓归矣"，成为千古佳句。

"田间阡陌的花朵都开好了，你可以缓缓回来了吗？"

九个字，平实温馨，含思婉转，特别是"缓缓"二字，纵然是一国君主，权倾天下，思念妻子，却也小心翼翼，不忍心催促她快快回到自己身边，想让她在娘家享受亲人团聚之乐。一句话，简简单单，却是相思处处。钱镠对妻子真挚深厚的关心和爱，满满的，都要溢出来了。

据说，庄穆夫人读此信时，当即落下两行珠泪。

我猜想，每一个女子遇到这样珍视自己的夫君，都会感动到两眼噙泪，心头一暖吧！纵使因为各种不可控的原因，回不到故土，一时看不到父母兄弟，也能有怀安慰，安稳度日，真愿天下每一位女子都能如此有幸。

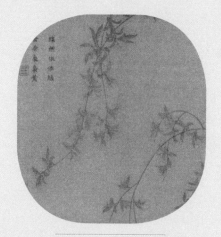

和慕清一起读诗经

四月篇

诗经

江南无所有　聊赠一枝春

投我以木瓜[1]，报之以琼琚[2]。匪[3]报也，永以为好也。

投我以木桃[4]，报之以琼瑶。匪报也，永以为好也。

投我以木李[5]，报之以琼玖。匪报也，永以为好也。

——出自《诗经·卫风·木瓜》

注解

1. 投：赠送。木瓜：一种落叶灌木（或小乔木），蔷薇科，果实长椭圆形，色黄而香，蒸煮或蜜渍后供食用。按：今粤桂闽台等地出产的木瓜，全称为番木瓜，供生食，与此处的木瓜非一物。

2. 报：报答，回礼。琼琚（jū）：美玉，下"琼玖""琼瑶"同。除了本诗中提到的这三个词外，还有琼华、琼莹、琼京、琼瑰都是用来形容玉之美。当时的贵族男女多在衣带上挂一装饰物，用好几种玉石组成，称之为佩玉、玉佩或者杂佩。风诗中，凡是男女两性定情之后，男的多以佩玉赠女。

3. 匪：非。

4. 木桃：果名，即楂子，比木瓜小。

5. 木李：果名，即榠楂，又名木梨。

译文

送我一只大木瓜，我拿佩玉报答她。不是仅仅为报答，表示永远爱着她。

送我一只大木桃，我拿美玉来回报。不是仅仅为还报，表示和她永相好。

送我一只大木李，我拿宝石还报你。不是仅仅为还礼，表示爱你爱到底。

总是有朋友问我，初学者如何读诗?

我说，其实无论是诗词章句，还是其他什么锦绣文章，冥冥之中，文章和读者之间的关系，就如同一次相遇，有些时候，文章与读者无缘，擦肩而过，读过就忘掉。

但是，好的文章、好的诗句，就是有这样的魔力，像是谈恋爱一样，有的人，你看一眼，就过目不忘，一念沉迷。

有些诗句，也是如此，就如这首有名的《木瓜》。哪怕是之前没有读过的人，读过几遍，就会觉得朗朗上口，几近成诵。

读这首诗，会让我们想起生活中一个常用的成语，那就是"投桃报李"，这个成语出自《诗经·大雅·抑》，说的是礼尚往来，你送我桃子，我回赠李子，所谓"往而不来，非礼也；来而不往，亦非礼也"。

这首《木瓜》里，有一句"投之以木瓜（桃、李），报之以琼琚（瑶、玖）"，由此衍生出来的成语"投木报琼"，使用频率要比"投桃报李"低很多。

不过，后者赠送的回报也比前者要贵重很多。

《木瓜》是一首恋歌，写的是男女赠答，很适合在仲春之月男女相会时，男子唱给心爱的女子来听。这里的女子"投之以木瓜（桃、李）"，男子"报之以琼琚（瑶、玖）"，里面包含着古代的礼俗传统。

在古代，女子向男子抛果示爱，是一种风俗。

那时候，社会按照体质对男女进行分工，男的力气大，负责狩猎，女子力气小，负责采集，瓜果采集也是女子家庭分工的职责之一，后来这些就慢慢成为女子的象征。而在婚恋诗，瓜果还有另外一层含义，象征着繁殖。女子向男子投掷瓜果，表示希望嫁给他，为他生儿育女。

这一点，在《诗经》中有很多例子，《周南·桃夭》中有"桃之夭夭，有蕡其实"，这里的"蕡"说的就是果实大而多，还有《陈风·东门之枌》，"视尔如荍，贻我握椒"，说的也是这个意思。

抛果示爱的风俗后世还在流传。

晋代有一个美男子，潘安。他少年风流，面如冠玉，目如朗星，鼻如悬胆，因其长相俊美，小名檀奴，在后世文学中，"檀奴""檀郎""潘郎"等都成了俊美情郎的代名词，韦庄写了一首《江城子》词，其中便有"缓揭绣衾，抽皓腕，移凤枕，枕潘郎"之句。

这位"中国第一美男子"，在当时是无数女性的梦中情人。这不单单是因为长相，他还很有才华，在历史上是与陆机齐名的文豪，就是这样一个有才有貌的七尺男儿，在感情生活中，一生独爱妻子一人。

杨容姬是西晋将领杨肇的女儿，他们十二岁就定亲了，十分恩爱，可叹杨容姬不幸早逝，潘安一直对亡妻念念不忘，作了许多悼念她的诗。

皎皎窗中月，照我室南端。清商应秋至，溽暑随节阑。凛凛凉风升，始觉夏衾单。岂曰无重纩，谁与同岁寒。

岁寒无与同，朗月何胧胧。展转盼枕席，长簟竟床空。床空委清尘，室虚来悲风。独无李氏灵，髣髴睹尔容。抚衿长叹息，不觉涕沾胸。

沾胸安能已，悲怀从中起。寝兴目存形，遗音犹在耳。上惭东门吴，下愧蒙庄子。赋诗欲言志，此志难具纪。命也可奈何，长戚自令鄙。

后来，潘安并未续弦，"潘杨之好"也成为千古佳话。无论是从才情、痴情，还是容貌来说，潘安堪称完美男人的代表，所以，他所到之处，都会引起无数女性示爱。

《晋书》中记载，潘安少年时驱车路过洛阳道，"妇人遇之者，皆连手萦绕，投之以果，遂满车而归"。

令人哭笑不得的是，《晋书》中还记载了两个丑才子的小故事，一个是张载，也算是名重一时的文学家，但是长相丑陋，"每行，小儿以瓦石掷之"，还有一个叫左思，"绝丑，亦复效岳游遨。于是群妪齐共乱唾之"。

可见，在古代，要得到女子抛果示爱，男子不仅要是"颜值担当"，还要是"才情担当"，不是任何男子都能有此福气。

按照当时的风俗，男子如果接受了女子的抛果示爱，就是答应了女子的求爱，所以赠送玉石作为回礼，也即是"报之以琼琚（瑶、玖）"。这一来一往，就算是定了情。

爱情的小船，由此起航，一个家庭也因此而慢慢开始筹建，所以这两句和"投桃报李"里面简单的礼尚往来不同，里面有爱意，有对未来美好生活的向往，所以说"匪报也，永以为好也！"

我们在看古装戏时，有时候会看到钟鸣鼎食之家的闺阁少女，高楼抛绣球招亲，男子喜欢这个女子，接受了绣球，就意味着接受了女子的求爱，就要娶她。这个风俗，大概也是从《木瓜》中衍生而来的。

古往今来，男女相爱总是喜欢掏空心思为彼此准备惊喜，赠送礼物，特别是男子，很多时候，只要条件允许，恨不得把全世界的好东西都捧到心爱女子的面前。

而这一切不是因为想要简单的回报，只是为了免她惊，免她苦，免她四下流离，免她无枝可依，与她长相厮守，许她一世之好。

不过，很多时候，礼物不在于贵重，倘若相爱相亲，哪怕只送一件小物件，甚至什么都不送，都包含着浓浓的爱意，哪怕是"江南无所有，聊赠一枝春"，都觉得分外浪漫。

真的是有情饮水饱。

就如这首诗中所写，"匪报也，永以为好也！"

年年岁岁花相似　岁岁年年人不同

雄雉于飞，泄泄[1]其羽。我之怀矣，自诒伊阻[2]！

雄雉于飞，下上其音。展[3]矣君子，实劳[4]我心！

瞻[5]彼日月，悠悠[6]我思。道之云远，曷云[7]能来？

百尔君子[8]，不知德行？不忮[9]不求，何用不臧[10]？

——出自《诗经·邶风·雄雉》

注解

1. 泄（yì）泄：鼓翼舒畅貌。朱熹《诗集传》："泄泄，
   飞之缓也。"

2. 诒：通贻，遗留。自诒：自取烦恼。伊：此，这。
   阻：阻隔。

3. 展：诚，确实。

4. 劳：忧。

5. 瞻：看。

6. 悠悠：绵绵不断。

7. 曷（hé）：何，何时。云：作语助。

8. 百尔君子：汝众君子。百，凡是，所有。

9. 忮（zhì）：忌恨，害也。

10. 臧（zāng）：善。王先谦《诗三家义集疏》："何用不臧，犹言无往而不利。"

译文

　　雄雉展翅自飞翔，翩翩起舞展翅膀。苦苦思念心上人，独怀忧思天一方！

　　雄雉展翅自飞翔，飞上飞下鸣声响。苦苦思念心上人，忧思苦念情惆怅！

　　日月更迭岁月长，悠悠思念不能忘，道路遥远使人愁，何时他能回家乡？

　　众多贵族一个样，不做好事无修养。你不损人又不贪，走到哪里不顺当？

　　《诗经》的十五国风，有许多篇目都记录了先秦时代底层人民的生活故事，可谓是一部小人物的生活史诗。

　　就比如这首诗，讲的是女子思念与等待丈夫。那时的卫国，淫乱不恤国事，军旅数起，丈夫久役，男旷女怨，男旷而苦其事，女怨而望其君子，这些都是当时普罗大众生活中最简单、最真实的缩略图。

《金刚经》中有这样一句：

以三千大千世界，碎为微尘，于意云何？是微尘众，宁为多否？

"微尘众"，说的是小人物。蒋勋曾经以这三个字为书名，仔仔细细写了《红楼梦》中的小人物，比如，二丫头、冯渊、王狗儿、龄官、茗烟等。那些曹雪芹着墨不多的人物，经他讲述后，顿时觉得生动起来。

《诗经》的十五国风，大多也是"微尘众"的故事。正是因为微小，所以鲜活，它不在高远的庙堂，而在乡野，在邻舍田间，所以，每一个生活细节都仿佛跃入眼帘。

如果你仔细想象，你甚至可以看见三千年前她们在太阳下"采采卷耳"，能看到她们鼻翼渗出的晶莹汗珠，或者是"肃肃宵征，夙夜在公"，夜晚出行赶路，伸手不见五指，漆黑一片，啾啾虫鸣，你似乎能够听到他内心紧张时如擂鼓的心跳声。

佛说，微尘众，即非微尘众，是名微尘众。

所以，《诗经》中那些絮絮叨叨，甚至啰啰唆唆、哀哀怨怨的故事里，那些远去与守候、哭哭笑笑、爱憎嗔怒里面的情绪和爱恨，都不是瞬间的事情，都不是卑微的，而是一面永恒照耀我们的镜子。

我们延续着三千年前的生活，我们的后人也将和我们一样。

就如，《雄雉》中讲到，"不忮不求，何用不臧？"一个人不损人又不贪，走到哪里能不顺当呢？这两句简单的话，拷问着古人，也警示今人，它是人品的坐标，也体现出一个人修养的高低。这八个字指出，德行和修为要不损人、不贪婪、不嫉妒，才能臻于美好。

可是，人生在世，要做到"不忮不求"，却不是一件简单的事。

孔子也曾问子路："衣敝缊袍，与衣狐貉立而不耻者，其由也与？'不忮不求，何用不臧？'"

子路听了孔子的话，深以为然，终日背诵这两句"不忮不求，何用不臧"。

孔子又曰，"是道也，何足以臧？"

到底是孔老夫子道行深，他对子路先扬后抑，指出要做到"不忮不求"虽然很难，但这却不是修行的终点，人还要有更宏大、高远的志向和目标。

三千年来，斗转星移，日新月异，人类改变了客观世界，沧海变桑田，"日月换新天"，可是对人的主观世界，比如人性修为、道德的要求，并不曾有太多改变。

纵使世间有太多我们不能承受的"恶"，可是对于"善"的歌颂和要求，始终如一，可悲的是，过了三千年，人类又有多少进步呢？

三千年前的"微尘众"，人性的善，依旧闪光，人性的恶，也依旧为非作歹。不管岁月如何更迭，在漫卷历史的风尘里，一代又一代人，用几乎不变的标准来衡量一个人的德行。

太阳每天都是新的，然而，我们却不停地重复着昨天故事，不是吗？

由来巾帼甘心受　何必将军是丈夫

载驰载驱[1]，归唁卫侯[2]。驱马悠悠[3]，言至于漕[4]。大夫[5]跋涉，我心则忧。

既不我嘉[6]，不能旋反。视而不臧[7]，我思不远[8]。既不我嘉，不能旋济[9]。视而不臧，我思不閟[10]。

陟彼阿丘，言采其蝱[11]。女子善怀，亦各有行[12]。许人尤[13]之，众稚[14]且狂。

我行其野，芃芃[15]其麦。控于大邦[16]，谁因谁极[17]？

大夫君子[18]，无我有尤。百尔所思[19]，不如我所之[20]。

——出自《诗经·鄘风·载驰》

注释

1. 载：语助词。驰、驱：快马加鞭的意思。

2. 唁（yàn）：向死者家属表示慰问，此处不仅是哀悼卫侯，还有凭吊宗国危亡之意。毛传："吊失国曰唁。"
   卫侯：指作者之兄，已死的卫戴公申。

3．悠悠：远貌，形容道路悠远的样子。

4．漕：地名。

5．大夫：许国赶来阻止许穆夫人去卫的许臣。

6．嘉：认为好，赞许。

7．视：表示比较。臧：好，善。

8．思：忧思。远：摆脱。

9．济：止。

10．閟（bì）：同"闭"，闭塞不通。

11．阿丘：有一边偏高的山丘。言：语助词。虻（máng）：
贝母草。采虻治病，喻设法救国。

12．怀：怀恋。行：道理、准则，一说道路。

13．许人：许国的人们。尤：责怪。

14．众："众人"或"终"。稺（zhì）：同"稚"，训
"骄"。

15．芃芃（péng）：草茂盛貌。

16．控：往告，赴告。大邦：大国，指齐国。

17．因：亲也，依靠。极：至，来援者的到达。

18．大夫君子：许国一批当权者。

19．百尔所思：主意众多。

20．之：往，行动。

驾起轻车快驰骋，回去吊唁悼卫侯。挥鞭赶马路遥远，到达漕邑时未久。许国大夫跋涉来，阻我行程令我愁。

竟然不肯赞同我，哪能返身回许地。比起你们心不善，我怀宗国思难弃。竟然没有赞同我，无法渡河归故里。比起你们心不善，我恋宗国情不已。

登高来到那山冈，采摘贝母治忧郁。女子心柔善怀恋，各有道理有头绪。许国众人责难我，实在狂妄又稚愚。

我在田野缓缓行，垄上麦子密密遍。欲赴大国去陈诉，谁能依靠谁来援！

许国大夫君子们，不要对我生尤怨。你们考虑上百次，不如我亲自跑一趟。

这是许穆夫人所作的一首诗，许穆夫人何许人也？

她是中国历史上第一位女诗人，也是世界文学史上第一位女诗人，其诗作享有盛誉。

许穆夫人是宣姜和公子昭伯所生的孩子，她遗传了母亲的美貌，倾国倾城，年少就闻名于诸侯，"一家有女，百家来求"，四方来求亲的诸侯踏破了卫国宫殿的门槛，最积极的是齐国和许国。

据说，当时许穆夫人心仪的是齐国的齐桓公，她从小就有一种爱国情怀，在她眼中，齐国是她母亲宣姜的老家，地产丰饶，兵丁强悍，能够给卫国以荫庇和保护。而许国呢？国小势单，且离着卫国又远，一旦有强敌来犯，许国无力支援，她是想要嫁给齐桓公的。

不过，卫国国君鼠目寸光，见许国的求亲礼厚，就将她嫁给了许穆公，她也成了许穆夫人。

要读懂这首诗的历史背景，还要从卫懿公开始说。

卫懿公好鹤，宫苑里供养了成百上千只白鹤，还赐给它们轿辇，封它们做将军，民怨沸腾。后来，狄人来犯，卫国民众无人愿意前去抗敌，卫懿公兵败身亡。

这时候，许穆夫人已经嫁到许国了，听到母国饱受外敌欺凌，心内如焚，恨不得一夜奔驰到家乡，和卫国人民一起抗敌，她央求夫君许穆公出兵援助。

可是许国是个小国，而且离卫国也不是很近，山高水长，路途漫漫，许穆公怕许国一旦率兵出征，国内就兵力空虚，万一有敌国奇袭，许国也就朝不保夕了。因此，许穆公想到的首先是要自保，切莫让战火燃烧到自己的国土上，所以许穆夫人在许穆公那里碰了一头钉子。

既然夫君不肯出兵，那就自己回去看看吧，许穆夫人抱着这个念头离许赴卫，一路奔驰，也就是本诗的开篇，"载驰载驱，归唁卫侯。驱马悠悠，言至于漕。大夫跋涉，我心则忧"。驾上马儿快奔走，许穆夫人星夜不停息，一路上担心母国的亲人和兄弟，恨不得一日千里，终于赶到了漕城，许穆公派来拦她的大臣也跟着来了。

许穆夫人从马车上下来，一路的风尘仆仆，一路的流泪揪心，让她面容憔悴，许国的大臣奉许穆公之命，不允许她踏足卫国，因为一旦她踏足卫国，就等于许国也介入了这场战争，这是许国君臣不想看到的，他们只想自保而已。

所以，许国大臣晓之以理，动之以情，七嘴八舌地劝说许穆夫人跟他们一起回到许国。那种场面，你或许也能想象到，没有一个人赞同许穆夫人回到卫国，帮衬自己的亲人，她一个弱女子，是多么的孤立无援呀。

可她却说："既不我嘉，不能旋反。视而不臧，我思不远。"

"虽然你们不赞同我回到卫国，可是我却不能回头，家国有难，我不能不管，你们叽叽喳喳说了半天，也没有一个妥善的法子帮我，不如让我按自己的计划去办。"

　　许穆夫人，走在母国熟悉的原野上，看到"芃芃其麦"，风吹起时，一波一波的麦浪此起彼伏，随风摇曳，就像此时的卫国，没有大国的支援，山河虽在，却是国破人亡，只能随风飘摇。

　　这时候的许穆夫人，想起了齐国，想起那个当年殷勤求亲的齐桓公，便只身求援。在古代野史上，经常有人说许穆夫人和齐桓公有私情，不管怎么说，当时美人落难，梨花落雨，无人助力时，只有齐桓公雪中送炭，派兵援助卫国，大厦已倾时，挽卫国于狂澜之中，帮助卫国人重建家园。

　　比起许穆公的冷眼待之，以及许国那些大臣万般斟酌，都没有伸出援手，确实如许穆夫人所言，"百尔所思，不如我所之"，就算他们想了几百条计策，都不如许穆夫人自己走一遭。

　　不过，我觉得，许穆夫人当年没有嫁给齐桓公，也是有后福的。

　　虽然齐桓公年轻时励精图治，葵丘会盟，挟天子以令诸侯，称霸天下，也不忘当年的许穆夫人，一片痴情如春水，可是晚年却是昏聩无用，特别是管仲死后，任用易牙、竖刁等小人。五公子夺嫡时，齐国一片混乱，齐桓公当时已经病危，饿死在病榻上，尸体在床上放了六十七天，尸虫都从窗子飞进了屋子里，也没有人管，一直到新君登位才被收殓。

在历史上，许穆夫人堪称巾帼英雄，载驰救国，慷慨激昂。

在那个战火燃烧的岁月里，猎猎的战旗下，本是男儿的世界，女子太孱弱，她们要么被劫掠，要么被进献，要么默默劳作，要么死于离散，许穆夫人却是一个例外。

她有才情，有美貌，有胆识，在男人的世界里驰骋，名垂青史，真乃奇女子也！她身上发生的故事可以写成一本又一本的书来歌颂。

和慕清一起读诗经

五月篇

MAY

诗经

二月新丝五月谷　为谁辛苦为谁忙

出自北门，忧心殷殷[1]。终窭[2]且贫，莫知我艰。已焉哉，天实为之，谓[3]之何哉！

王事适我[4]，政事一埤益我[5]。我入自外，室人交遍谪[6]我。已焉哉，天实为之，谓之何哉！

王事敦[7]我，政事一埤遗[8]我。我入自外，室人交遍摧[9]我。已焉哉，天实为之，谓之何哉！

——出自《诗经·邶风·北门》

注解

1．殷殷：很忧伤的样子。

2．终：既。窭（jù）：贫寒，艰窘，房屋简陋无法讲究排场。陆德明《经典释文》："窭，谓贫无以为礼。"

3．谓：犹奈也，即奈何不得之意。

4．王事：周王的事。适（zhì）：掷。适我，扔给我。

5．政事：公家的事。一：都。埤（pí）益：增加。

6. 谪（zhé）：谴责，责难。
7. 敦：逼迫。
8. 遗：交给。
9. 摧：挫也，讥刺。

译文

　　我从北门出，忧心深重重。生活贫且窘，无人知我辛。唉，老天此安排，叫我怎么办！

　　王室差事扔给我，政事全部推给我。忙完家中去，家人个个来骂我。唉，老天此安排，叫我也无奈！

　　王室差事逼着我，政事全盘压着我。做完家中去，家人个个骂我傻。唉，老天此安排，我有啥办法！

　　这是一首很有意思的诗，写了一个小官吏憋屈的生活状态，有点像是现在的工薪阶层。

　　单位里的事情繁重，每天忙得像陀螺一样乱转，十分辛苦，却挣钱不多。回到家中还得被家人讥讽，你听听下面的这些话，是不是很熟悉：

　　比如，"你看谁家谁谁谁，又给家里换了大房子、好车子，还买了那么多好东西。"

比如，"你看看你，天天忙得顾不上家，什么钱也没有挣到，这个月的房贷你还了吗？"

再比如，"你看看你，天天起早贪黑，一天连孩子面都见不着，也没有折腾出点什么事来，真是没出息。"

还有，"我真是倒了霉了，嫁给你……"

诸如此类。

对此，诗中的主人公，也是无可奈何，思之无解，不得不将此归之于天命，"已焉哉！天实为之，谓之何哉！"算了吧，这都是命。

或许，对于大多数普通人来说，工作都是这样，表面看起来，被领导委以重任，光鲜无比，责任重大，"王事适我，政事一埤益我"，"王事敦我，政事一埤遗我"，实则也不过是权力机器上的一个小螺丝钉，累死累活，也做不出一点成绩，回到家中，还要面对鸡飞狗跳的生活，还有家人的牢骚。

所以，诗人开始就陈情，"出自北门，忧心殷殷"。

一般来说，人高兴的时候，会觉得天朗气清，瑞风和畅，"晴空一鹤排云上，便引诗情到碧霄"，可不开心时，也会觉得，花凋叶落，秋风萧瑟，"泪眼问花花不语，乱红飞过秋千去"。所以，诗中的环境一般就是情境，衬托着诗人的心情。

"北门"，背阳向阴，黯淡无光。从此门出来，更加渲染诗中主人公内心的忧愤情绪，或许是因为工作没有创造力，机械无趣，也或许是因为某一点事情没有做好，挨了领导一顿训斥。总之，他很烦闷。

夙兴夜寐，夙夜在公，都如此勤劳了，却还是生活落魄，过不上好日子，"终窭且贫，莫知我艰"，真是太悲哀了。

这个"窭"字，是"贫困"的意思。《说文》中说，"窭，无礼居也。"《尔雅》中也说，"窭，贫也。"古文中，"窭人子"说的就是穷人家的孩子，用当代网络语言说，大概就是"屌丝"的意思。

2016年热播电视剧《欢乐颂》里演员蒋欣饰演樊胜美，这个角色，活脱脱就是《北门》里的主人公。工作是外企HR，也算是单位里的核心部门，可她却不是要害岗位、灵魂人物，就是一个小角色，终日碌碌，却挣钱不多。家里还有一个不争气的哥哥，她父母张嘴就是要钱，还整天埋怨她，这不就是诗中所说的"我入自外，室人交遍摧我"吗？

所以她也不得不感慨，一个人的出身，是很难摆脱的命运桎梏，屌丝逆袭，谈何容易？就像诗中之感慨，"已焉哉！天实为之，谓之何哉！"算了吧，这都是命。对于那些人们拼尽全身力气都无力改变的事情，人们总会将之归结为命运作祟。

或许，不少出身普通的人，都曾有"朝为田舍郎，暮登天子堂。将相本无种，男儿当自强"的梦想，却大多走向了一条平凡之路，一头栽进了充满碎屑的生活泥潭。

就像前几年有一篇广为传播的文章《我奋斗了18年，才能和你一起喝咖啡》，讲述了一个出身寒门的青年的奋斗历程，努力了18年，也不过是才能和他家世优渥的朋友平起平坐喝一杯卡布奇诺而已，想想觉得不胜悲凉。

这让人不得不感慨：

米凭转斗接青黄，加一钱多幸已偿。
二月新丝五月谷，为谁辛苦为谁忙？

当下社会，贫富分化，寒门学子的上升通道似乎越来越狭窄。如何选拔人才？如何对待人才？如何做到人尽其才，没有"出自北门，忧心殷殷"之悲？这都是关乎家国命运的大事，需要认真对待。

乡路几时尽　旅人终日行

　　嘒彼[1]小星，三五[2]在东。肃肃宵征[3]，夙[4]夜在公。寔[5]命不同！

　　嘒彼小星，维参与昴[6]。肃肃宵征，抱衾与裯[7]。寔命不犹[8]！

——出自《诗经·召南·小星》

注解

1．嘒（huì）：微光闪烁。嘒彼，等于叠字嘒嘒。

2．三五：一说参三星，昴五星，指参昴。一说举天上星
　　的数。

3．肃肃：疾行的样子。宵：指下文夙夜，天未亮以前。
　　征：行。

4．夙（sù）：早。

5．寔："实"的异体字。是，此。或谓即"是"。

6．维：是也。参（shēn）：星名，二十八宿之一。昴

（mǎo）：星名，二十八宿之一，即柳星。

7. 抱：古"抛"字。衾（qīn）：被子。裯（chóu）：被单。

8. 犹：若，如，同。

译文

小小星辰闪微光，三三五五闪天东。匆匆忙忙赶夜路，从早到晚为公忙。命运不同徒自伤！

小小星辰闪微光，参星和昴星挂天上。匆匆忙忙赶夜路，抱着被子与床帐。人家命运比我强！

要理解这首《小星》，首先要了解诗中主人公的身份。

这是个聚讼千年的问题，也是个见仁见智的问题，很多专家和学者对此争执不休，公说公有理，婆说婆有理。

有人认为是描写小官吏、小人物星夜赶路，为公事所忙，怨恨自己不幸的诗句，程俊英等教授持此观点。

也有人认为，这是一首最早描写妓女的诗，持此观点的多是作家，比如老舍，他在《老张的哲学》中有这么一句："真的八爷要纳小星吗？"

我觉得后一种有失偏颇，单纯从一句"抱衾与裯"，并不能说明《小星》所描写的人物是妓女。

窃以为，这首诗写的是底层小人物的生存状态。

我曾无数次搭乘地铁，路过北京火车站，经常看到一些人背着一卷白底花布老款式被子，不是商场里的蚕丝被，是那种自家弹棉花一针一线缝的被子，挤进地铁，有些时候，车厢里明明有很多空座位，他们也不坐，背倚靠着门，默不吭声地站着。

有一次，我看见一个五十多岁的大爷，抓着扶手，摇摇晃晃，就指了指他面前的空座，跟他说可以坐下。他摆了摆手，讪讪地笑了，说他的裤子脏，怕弄脏了座位。他的脸色黝黑，手指的关节肿大而粗粝。

他的眼神中闪烁着对这座城市的期待和想象，犹如夜空不太明亮的小星星。他们星夜奔波，为生活所迫，赚着微薄的工资，但从不曾停下脚步，像极了这首诗中的主人公。

要理解这首诗，还要看这一句"肃肃宵征，夙夜在公"，在《采蘩》中也有一句，"被之僮僮，夙夜在公"，那是在描写女宫人为公侯祭祀劳作。而这首诗十分生动地描写了小人物、小官吏为公事赶夜路的困苦。

换句话说，这首诗描写了古代"上班族"出差在外的艰辛，有为底层立言之意。

古代那些生活在底层的小官吏，形同草芥，并不引人注目，像是一个小螺丝钉，多一个或者少一个并不影响整个官僚体系的运转。他们的出现、存在、消亡，都无声无息。不知道你有没有看过契诃夫的《一个文官的死》，长官的一个喷嚏，可以令小人物战栗发抖，胡思乱想，以至于一病不起，在恐惧中默默地死亡。

所以，诗中感慨自身与公侯之间的"寔命不同""寔命不犹"，感慨劳逸不均，命运的云泥之别。

然而，滴水藏海。

任何一种人类体验都可以入诗。

恰恰是对这些小人物的命运遭际的描写，最能折射出一个社会发展状况。他们的辛勤或懒惰、温顺或乖戾，他们的生活状态和精神状态就是这个大社会的一面镜子。

他们虽然卑微，却仍不放弃努力，要知道，那些所谓的大人物也曾经是不断努力的小人物，正是这种奋发进取，点燃了社会永续传承的希望之火，这也是为何奋斗之所以动人的原因所在。

中兴之君多苦难　勤政为船人为帆

定之方中，作于楚宫[1]。揆之以日[2]，作于楚室。树之榛栗，椅桐梓漆[3]，爰伐琴瑟。

升彼虚[4]矣，以望楚矣。望楚与堂，景山与京[5]。降观于桑。卜云其吉，终然允臧[6]。

灵雨既零，命彼倌人[7]。星言夙驾，说于桑田[8]。匪直也人，秉心塞渊[9]。騋牝三千[10]。

——出自《诗经·鄘风·定之方中》

注解

1. 定：定星，又叫营室星。十月之交，定星昏中而正，宜定方位，造宫室。于：古声与"为"通，作为之意。楚：楚丘，地名，在今河南滑县东、濮阳西。

2. 揆：测度。日：日影。《孔疏》："度日，谓度其影。"

3. 榛、栗、椅、桐、梓、漆：皆木名。椅，山桐子。

4. 虚：一说故城，一说大丘，同"墟"。

5. 堂：楚丘旁邑。京：高丘。

6. 臧：好，善。

7. 灵：善。零：落雨。倌：驾车小臣。

8. 星言：晴焉，好雨。夙：早上。说（shuì），通"税"，歇息。

9. 匪：犹"彼"。直：特也。秉心：用心、操心。塞渊：踏实深远。

10. 騋：七尺以上的马。牝：母马。三千：约数，表示众多。

译文

　　定星十月照空中，楚丘动土筑新宫。度量日影测方向，楚丘造房正开工。栽种榛树和栗树，还有梓漆与椅桐，成材伐作琴瑟用。

　　登临漕邑废墟上，把那楚丘来眺望。望了楚丘望堂邑，测量山陵与高冈。走下田地看农桑。求神占卜显吉兆，结果必然很安康。

　　好雨夜间下已停，吩咐驾车小倌人。星夜早早把车赶，歇在桑田劝农耕。他是正直有为人，内心充实又深沉。良马三千多如云。

　　一个人面临困境，甚至是绝境时，会怎么办？

　　如果心性坚韧，会告诫自己要不断努力，坚持攻坚克难，我们常说的一句话，是"大不了从头再来"。

　　对于此时的卫国来说，经历了狄人一战后，几近灭国，祖宗基业毁于一旦，不得不从头再来。

　　在今人看来，河南的淇县，是一个不起眼的小县城，隶属于鹤壁，但是在历史上却有一个响亮的名字：朝歌，是商朝的都城，辉煌了六百年，皇位传到商纣王时，他荒淫无道，沉迷声色，酒池肉林，被周武王端了老巢。

　　昔日辉煌的朝歌，这才明珠暗沉。

　　到了卫国时，都城也在淇县，也出了个荒唐的国君，淇水汤汤，白鹤飞舞，"动物协会"资深会员卫懿公，名叫卫赤，是卫国的第十代国君，玩物丧志，进而丧国，最终惨死在沙场。

　　战后，狄人在朝歌烧杀抢掠，蹂躏百姓，此时的朝歌可谓是人间炼狱，卫国人无法存活，只能逃。

　　据说，当时逃出来的百姓只有四千多人，也有说不足千人，遥想起卫康叔时，政通人和，百业兴旺，是西周时最大的一个诸侯国，可"家富多败儿"，到了第十代，就已经到了"国破山河在，城春草木深"的境地了。

怎么办？许穆夫人，一代巾帼英雄，走过了高山，涉过了河流，一路载驰，带来了金钱财帛，还带来齐桓公。在齐桓公的帮助下，卫国遗老遗少，在漕邑，也就是今天的河南滑县，勉强复国，当时人们先推举的国君是卫戴公，不过卫戴公不堪大任，皇冠朝服压身，竟然没过多久就死了，传位给他的弟弟毁，也就是卫文公，后世人称之为"中兴之君"。

以前读史书，觉得春秋战国时期，人的名字取得蛮有意思，比如，这个卫文公，名曰毁，做的却是"建"的事情。因为漕邑不宜当作都城，在他们稍微安顿一些的时候，在齐桓公的帮助下，毁又带领卫国的遗老遗少在楚丘建立都城。

这就是这首《定之方中》讲的事。

在电影《飘》中，南北战争结束后，斯嘉丽面对一片废墟的家园说："不管怎样，明天又是全新的一天。"卫文公的心情诚如是也。

他带领卫国遗老遗少，离家去国，披荆斩棘，从头再来，需要砥砺心性，磨炼意志，更需要鼓舞人心。第一件要做的事，就是重建家园，建造都城，兴建宫室。

在前面我们读过的篇目中，我们读过历史、地理、人文、音乐、婚恋等知识，这首诗读的是天文。

在古代，造房子、兴宫殿、建都城是很讲究的。

"定之方中，作于楚宫"，这里的"定"指的是定星，北方玄武星宿，此星昏而正中，十月之交，就是农历十月亥交十一月子，在这个时候可以营造宫室，故而这颗星又叫做营室星，所以叫做"定之方中"。这时，这颗星直冲正南方的天空，"楚"在南方，所以说"作于楚宫"。

后面又讲，"揆之以日，作于楚室"。"揆"是测量的意思，古人建造房屋，立竿见影，确定方向，诗中上言"楚宫"，下言"楚室"，建造是有顺序的，按照《礼记·曲礼下》所记载，为"君子将营造宫室，宗庙为先，厩库为次，居室为后"。

"树之榛栗，椅桐梓漆，爰伐琴瑟"，这句看似普通，其实里面有很多当时的风土人情。今天女孩子闺蜜之间约会，总会记得带一点见面礼，比如老家的特产、自己做的手工、亲手烘焙的蛋糕等，周朝时，女孩子见面会带一点栗子等。

《左传·庄公二十四年》有曰："男贽，大者玉帛，小者禽鸟，以章物也。女贽，不过榛、栗、枣、脩，以告虔也。"

因此，"树之榛栗"，读起来，就有烟火气息，逃亡的百姓安顿下来，开始互相串串门，走走亲戚，见见朋友，礼尚往来，日子渐渐好了起来，人丁也渐渐兴旺了。

那"椅桐梓漆，爰伐琴瑟"呢？

"椅"，是山桐子，也叫水木瓜，"梓实桐皮曰椅"，木材可以做家具，种子可以榨油，还可以做肥皂或者润滑油。

"桐"，有青桐、赤桐、白桐之分，诗中讲的应该是白桐，我们比较熟悉的称呼可能是泡桐，树干直挺，长得很高，有的可能高达十五六米，是做乐器的良材。我们在路边常见的梧桐树，就属于青桐。

"梓"，在古代桑树和梓树是老百姓常常在房前屋后种的树种，后来就成了家乡和父老乡亲的代称，"维桑与梓，必恭敬止"。

"漆"，就是漆树，树汁可以做涂料，木材可以做琴瑟和弓箭。

　　"爰伐琴瑟"的"伐"字，就是砍伐的意思，砍伐"椅桐梓漆"，为了造琴瑟，似乎有些奢靡，已是国破人逃亡了，还要琴瑟这些乐器，是不是又会有靡靡之音呢?

　　非也。

　　传说，释迦牟尼佛，有一个太子宫，上面有一个殿，名曰音乐殿，释迦牟尼佛就是在这里，半夜时分，腾空而去，这个故事里有一个隐喻就是当人们砍伐掉这些树，会出现天籁，无弦琴会在空中弹奏。

　　"琴瑟"二字，从字形上看都是"王王在上"，弹奏的是王者之音，是和悦清明的象征，这里暗示了卫国必将兴旺发达、国泰民安，再度中兴。

　　宫室和都城建造好了，民心初定，就要劝课农桑了，第二、三章讲的就是卫文公为了卫国人民再度过上好日子，所做的一些具体的事情，《史记》如是记载，"轻赋平罪，身自劳，与百姓同苦，以收卫民。"

　　苦心人，皇天不负，卫文公做了这一切，都有了回报，"匪直也人，秉心塞渊。騋牝三千。"

　　现在人衡量财富，常常用存款和房产。在周朝时，战争随时而来，而且多是车马战，马车在前冲锋陷阵，步兵在后，因此衡量一个国家国力高低的是战马多寡和马车的精良与否。"骒"是高头大马，牝是指母马，"骒牝三千""千乘之国"已经算是一个中等的诸侯国的势力了。

从逃亡时的千余人，发展成千乘之国，这也说明了卫文公治国有方。

《定之方中》主要从国都重建、农业、军事等方面来讲卫文公的功绩，那么卫国能兴盛得如此迅速还有什么诀窍？是人才。

"21世纪，最重要的是什么？人才。"这是电影《天下无贼》中的一句经典台词，其实，历朝历代，概莫能外。卫国，在当时更是如此。

倘若一个国家人才云集，则天下兴隆，反之亦然。一个国家对待人才、对待知识分子的态度，也反映在国运上，从某种意义上说，人才运即是国运。

君以国士待我，我必国士报之。君以路人待我，我必路人报之。君以草芥待我，我必仇寇报之。

在古代，没有制度约束，"普天之下，莫非王土，率土之滨，莫非王臣"，政治清明与否，系于君主一身。有些君主求贤若渴，见贤思齐，广收天下仕子之心，使得他的治下国泰民安；有些君主，却任用邪佞，君子在野，小人在朝，丧尽民心，百姓饱受苦难。

卫文公，是一位求贤若渴的君主。

《诗经》中有一首《干旄》，写的是卫国官吏受到他的指派，带着良马和礼物，高扬招揽人才的旗子，到浚邑寻找贤能的事情，借此来赞美卫文公选贤任能、重视人才之举。

钱澄之《田家诗学》中记载："卫文公迁楚丘以后，敬教劝贤，授方任能，汲汲惟人才是务。故其士大夫化之，以礼贤相尚，贤人所在，式庐以请。于是卫多君子，盖有由也。"

钱澄之概括，恰如其分，将卫文公任用人才之举，加以褒奖，语言简明扼要，却很是深刻。前几句，毋庸赘言，只是钱氏此话中的最后一句，"于是卫多君子，盖有由也"，颇费几分思量，"盖有由也"？

是何"由"？

卫国是一个小国，该诗讲述了卫文公励精图治，数年之时，卫国已成"千乘之国"，按照这个标准，属于中等诸侯国。可要知道，当时国马是有制的，"天子十有二闲，马六种，三千四百五十六匹；邦国六闲，马四种，千二百九十六匹……"

卫文公挽卫国于狂澜，复国中兴，国家渐渐富裕，卫国当时的发展已经超过他的小国定位，"马有三千，虽非礼制，国人美之"。

就是这样一个小国，在秦始皇统一天下，八荒六合，横扫诸国时，独然不灭。卫国最后一个国君，曰君角，"君角九年，秦并天下，立为始皇"，卫国安然无恙，一直在秦二世时，也就是"君角二十一年"，胡亥废君角为庶人，这时卫国才彻底退下历史舞台。

秦始皇不灭卫国，秦、卫多年并立，究其原因，今人仍没有定论。

季札曾周游列国，才名卓著，在游历卫国时曾说，"卫多君子，其国无患"。这大概也是原因之一，也是钱澄之所说，"盖有由也"。

卫文公对待人才的态度，让我想起了另一个朝代，宋朝。

尽管外敌环伺，地缘政治有些恶劣，重文轻武，军事力量暂且不表，但宋朝的文化、经济、科技发展都达到了高度繁荣的地步，是中国历史上的一个黄金时期。

"华夏民族之文化，历数千年之演进，造极于赵宋之世。"陈寅恪如是说。

这其中很大的一个原因是对人才，特别是对文人的重视。

古人讲，"伴君如伴虎"，一言不慎，脑袋搬家，满门抄斩，但是这种情况，在宋朝是很难出现的，宋朝几乎很少有杀害士人的记录，文字狱也是少见。

据说，宋朝之所以能做到这一点，是因为先祖赵匡胤在建国初年曾经秘密立下一道誓碑，规定皇室不可杀害士大夫。这种传说，首先出现在叶梦得的《避暑录》中。

艺祖受命之三年（公元962年），密镌一碑，立于太庙寝殿之夹室，谓之誓碑，平日用销金黄幔蔽之，门钥封闭甚严。因敕有司，自后时享(四时八节的祭祀)及新太子即位，谒庙礼毕，奏请恭读誓词。独一小黄门（即宦官）不识字者从，余皆远立。上至碑前，再拜跪瞻默诵讫，复再拜出。群臣近侍，皆不知所誓何事。自后列圣相承，皆踵故事，岁时伏谒，恭读如仪，不敢泄漏。

这块神秘的誓碑，一直到1127年，靖康之变，金兵攻破了开封城，打进皇宫大门，四处搜罗宝物，才被天下所知。

遥想历史，宋太祖能在幽暗的密室内写下，"士人不可杀"，这样几个字，这是史无前例的。不管此事是真是假，两宋时期，对文人的宽容却是有史料可查的，也正是这种宽容，才造就了两宋时期文化、经济、科技的极大发展，成就了中国文明的巅峰。

笔行至此，想起清朝龚自珍曾经赋《咏史》诗一首：

金粉东南十五州，万重恩怨属名流。
牢盆狎客操全算，团扇才人踞上游。
避席畏闻文字狱，著书都为稻粱谋。
田横五百人安在？难道归来尽列侯？

无论是卫国，还是后面的宋朝，抑或是什么朝代，人才都是至关重要的，以此作结。

和慕清一起读诗经

六月篇

JUNE

玲珑骰子安红豆　入骨相思知不知

采采卷耳[1]，不盈顷筐[2]。嗟我怀人[3]，寘彼周行[4]：

陟彼崔嵬[5]，我马虺隤[6]。我姑酌彼金罍[7]，维以不永怀[8]！

陟彼高冈，我马玄黄[9]。我姑酌彼兕觥[10]，维以不永伤[11]！

陟彼砠[12]矣，我马瘏[13]矣，我仆痡[14]矣，云何吁矣[15]！

——出自《诗经·周南·卷耳》

注解

1. 采采：采了又采。毛传作采摘解，朱熹《诗集传》云："非一采也。"而马瑞辰《毛诗传笺通释》则认为是状野草"盛多之貌"。卷耳：苍耳，石竹科一年生草本植物，嫩苗可食，子可入药。

2. 盈：满。顷筐：斜口筐子，后高前低。一说斜口筐。这句说采了又采都采不满浅筐子，心思不在这上头。

3. 嗟：语助词，或谓叹息声。怀：怀想。

4. 寘（zhì）：同"置"，放，搁置。周行（háng）：环绕的道路，特指大道。索性把筐子放在大路上，于是眼前出现了她丈夫在外的情景。

5. 陟：升；登。彼：指示代名词。崔嵬（wéi）：山高不平。

6. 我：想象中丈夫的自称。虺隤（huī tuí）：疲极而病。

7. 姑：姑且。酌：斟酒。金罍（léi）：青铜做的罍。罍，器名，青铜制，用以盛酒和水。

8. 维：发语词，无实义。永怀：长久思念。

9. 玄黄：黑色毛与黄色毛相掺杂的颜色。朱熹说"玄马而黄，病极而变色也"，就是本是黑马，病久而出现黄斑。

10. 兕觥（sì gōng）：一说野牛角制的酒杯，一说"觥"是青铜做的牛形酒器。

11. 永伤：长久思念。

12. 砠（jū）：有土的石山，或谓山中险阻之地。

13. 瘏（tú）：因劳致病，马疲病不能前行。

14. 痡（pū）：因劳致病，人过劳不能走路。

15. 云：语助词，无实义。云何：奈何，奈之何。吁

（xū）：忧伤而叹。

译文

采呀采呀采卷耳，半天不满一小筐。我啊想念心上人，菜筐弃在大路旁：

攀那高高土石山，马儿足疲神颓丧。且先斟满金壶酒，慰我离思与忧伤！

登上高高山脊梁，马儿腿软已迷茫。且先斟满大杯酒，免我心中长悲伤！

艰难攀登乱石冈，马儿累坏倒一旁，仆人精疲力又竭，无奈愁思聚心上！

很多时候，人是很怕听情歌的，很怕陷入那种浓得化不开的小情绪中，我亦如此，可这首唱尽了先秦男女相思的情歌——《卷耳》，却是例外。

它哀而不伤，几笔勾勒，几处白描，都简简单单，可字里行间流淌出的相思之情，既清丽，又深厚，纯纯的，一下子就将平静的心湖掀起了无数的涟漪。

好的文字是一种抵达，抵达的是人心。在艺术创作过程中，记事状物，相对容易一些，可是"画虎画皮难画骨，画人画面难画心"，最难的是内心情感的描摹，就比如，相思该怎么刻画？

犹记得，当年在北大听文学课时，曹文轩教授就曾经问过这个问题，同学们众说纷纭，答案不一。我记得他说，两个相爱的人，执手相看，耳鬓厮磨，眼眸里映着对方多情而温柔的脸庞时，轻轻地呢喃，"我想你呀，想你想到骨头里呀"，这一句直白简单的情话，最是相思，你在我身边，我还是想你，我想你想到骨头里。

玲珑骰子安红豆，入骨相思知不知？这是曹文轩教授眼中的相思，是现代人的相思，是相守相恋的相思，也是没有空间间隔的相思。

可在先秦时代，交通不便，道阻且长，很多时候，所思所想之人在千山万水之外，这份思念属于"日日思君不见君，共饮长江水"，属于"君问归期未有期，巴山夜雨涨秋池"，就如这首《卷耳》。

相思是一种慢性毒药。诗中的女子仿佛中了这相思的毒，日日夜夜盼郎君，茶饭不想，寝食不安，在田野间劳作，也都打不起精神来，思绪纷飞，卷耳采了又采，却半晌都采不满小小的一筐。

她轻轻叹了一口气，索性不采了吧，去到大路上，踮脚翘望，一条大道又远又长，仿佛到了天边。她轻轻地吟唱，"采采卷耳，不盈顷筐。嗟我怀人，寘彼周行"，我那远行服役的丈夫呀，你什么时候能够回家？

读到这里，就读到了一个聚讼纷纷的地方，也是理解这首诗关键的一点。诗中"嗟我怀人，寘彼周行"中的"我"，和"陟彼崔嵬，我马虺隤，我姑酌彼金罍"中的两个"我"，指的究竟是谁？是不是一个人？

《毛诗序》上解释这首诗写的是"后妃之志也"，这种说法胶柱鼓瑟，牵强附会，与实际内容不符。在《诗集传》中，朱熹把这里的"我"都看作是女子在思夫，似乎也有些讲不通。试想一下，一个纤纤女子，怎么能够一会在田间采集卷耳，一会又骑着马儿登上高高的山脊梁呢？这有点蒙太奇，不合逻辑。

倒是钱钟书在《管锥编》上的解释合乎情理，他说，此诗先写女子思念在外的丈夫，再写男子思念在家的妻子，属于"花开两朵，各表一枝"。这是旧时说书人的习惯语，也是古时章回体小说的叙事手法，指的是故事有两个头绪，为了叙述方便，只好先按下一头，且说另一头，一个一个地讲。

读这首诗，像是在看一场正在演出的话剧，演的是两个相爱的人分隔千里，彼此思念。一幕的主角是女子，她无心劳作，怏怏采卷耳；一幕的主角是男子，他星夜奔波，行至高岗，人困马乏，倦鸟祈归，所以饮酒思乡，可山高水长，维以不永怀，也维以不永伤。

这种情景，很容易让人想起西施和范蠡的命运遭际。

那一年的苧萝溪边，范蠡撞见了荆钗布裙却国色天香的西施。江南烟雨茫茫，蒹葭苍苍，可惜流年错乱，战国吴越争霸，越国一败涂地，越君为图复国，献美于夫差。昔日的浣纱女饰以罗縠，教以容步，习于土城，临于都巷，三年学服，不得不入了吴宫。

从此，西施和范蠡，一人在苏州，一人在会稽，就是今天的绍兴，也是一份相思，两地惆怅，无处话凄凉。

相思迢递隔重城，瘦尽灯花一宵又一宵。对于分隔两地的爱人来说，纵使山水迢迢，征途漫漫，那个嘴角微微翘起的笑容，那句曾在耳边呢喃的情话，那个好久好久都没有见过的人，依然鲜活如往昔。

在采采卷耳的那一刻，在"我马瘏矣、我仆痡矣"马倦人困的那一刻，所有记忆，全部开启，相思成灾，深入骨髓，久久不肯散去。

怀人是世间亘古不变的情感主题，这首《卷耳》，既有女子思念夫君，亦有游子思归，将怀人和思乡巧妙地糅合在一起，引领了中国的"怀人诗"的发展，影响深远，光泽千年。

无论是唐诗，像是韦应物的《闻雁》，"故园渺何处，归思方悠哉。淮南秋雨夜，高斋闻雁来"；

还是宋词，像是晏几道的《思远人》，"红叶黄花秋意晚，千里念行客。飞云过尽，归鸿无信，何处寄书得"；

还是元曲，像是徐再思《折桂令·春情》，"平生不会相思，才会相思，便害相思。身似浮云，心如柳絮，气若游丝，空一缕余香在此"。

古往今来，这些描写离愁别绪、怀人思乡的诗词歌赋，从某种程度上说，都受到了《卷耳》的影响。

征人天涯，芳心难顾，相思太苦太苦。这份苦，萦绕心头，千锤百炼成诗，这千千万万的相思诗句中，抵达你内心的，又是哪一句？

他生莫作有情痴　人间无地著相思

彼采葛[1]兮，一日不见，如三月兮。

彼采萧[2]兮，一日不见，如三秋[3]兮。

彼采艾[4]兮，一日不见，如三岁兮。

——出自《诗经·王风·采葛》

注解

1．葛：一种蔓生植物，块根可食，茎可制纤维。

2．萧：植物名。蒿的一种，即艾蒿。有香气，古时用于
祭祀。

3．三秋：通常一秋为一年，后又有专指秋三月的用法。
这里三秋长于三月，短于三年，义同三季，九个月。

4．艾：多年生草本植物，茎直生，白色，高四五尺。其
叶可用于针灸。

那个采葛的姑娘啊。一日不见她，好像三个整月长啊。

　　那个采蒿的姑娘啊。一日不见她，好像三个秋季长啊。

　　那个采艾的姑娘啊。一日不见她，好像三个周年长啊。

　　这首诗，平铺直叙，没有隐喻，也没有难懂的字词，很是简单，似乎没有必要多说些什么，唯一可能要解释一点，就是诗中所用的夸张手法。

　　诗中的本体"一日"，喻体"三月""三秋""三岁"，高下相形，对比鲜明，也让人能够切切实实地感受到相思的煎熬，以及渴望相见的急切。

　　这种夸张，在我们读过那么多首李白的诗后，似乎并没有那么难以理解。无非就是情之所思，情之所切。

　　这首诗，写男人的相思，里面似乎还掺杂着一种坐卧不宁、寝食难安的纠结，在诗句的背后，似乎能让人听得见那几句"真恨不得"。

　　"真恨不得现在就骑快马去见她。"

"真恨不得现在就揽她入怀。"

"真恨不得现在就能娶她进门。"

"真恨不得把全天下最好的东西都送给她。"

……

……

诸如此类。

这首诗里就是这么几句大白话，写了爱情，写了相思，若是当代，可能是一首爆红的网络歌曲。

我们读《卷耳》时，说过两句温庭筠的相思，"玲珑骰子安红豆，入骨相思知不知"。在这首诗中又读相思，我想说一说鱼玄机的相思，她的那两句诗，"忆君心似西江水，日夜东流无歇时"，诗情浩荡，柔情缱绻，联想到她曲折的命运遭际，总是令人心有戚戚焉。

读相思，且一起来读一段故事。

鲁迅先生说，"我不惮以最坏的恶意揣度中国人"，这句话我特别想用在温庭筠的身上，纵使他才情似海，对他也始终谈不上喜欢。

温庭筠大鱼玄机三十二岁，二人相遇时，玄机还唤作幼薇，刚刚十岁。

她出生在一个落魄的秀才家庭，少时词赋俱佳，又生得纤眉媚眼，唇红齿白，像是庭院里一朵蔷薇花，初见蓓蕾，却已让人猜到了绽放之美。

那时候的温庭筠已颇有名气，到幼薇家中做客，那天柳絮儿飞舞，他以"江边柳"三字为题，试探幼薇的才情。

幼薇沉思少许，便写了一首，捧给温庭筠评阅，只见那首诗中写道：

翠色连荒岸，烟姿入远楼。

影铺春水面，花落钓人头。

根老藏鱼窟，枝底系客舟。

萧萧风雨夜，惊梦复添愁。

人常言，少年不识愁滋味，为了写诗才"强说愁"，可幼薇的这首诗中的愁绪，让人觉得如此意境、如此了解红尘凄苦，如果是出自一位饱经世事沧桑的老者之手，才合情合理，可这居然是一位十岁孩童的作品，不得不令人称奇。这首诗写愁苦，真真切切，毫无矫揉造作之感，堪称诗中的佳作，足见幼薇才情了得。

大才子，花间词之鼻祖温庭筠，亦为之倾倒，从此温庭筠便常常出入幼薇家中，成了她的老师，免费为她指点诗作，还时不时带些银两，补贴幼薇家窘迫的生活。后来幼薇的父母相继过世，温庭筠更是成了幼薇唯一亲近的人。

他们亦师亦友，亦父亦女。

慢慢地，幼薇情窦初开，爱上了这个从小就照顾她的半老男人。

温庭筠相貌丑陋，别人就叫他"温钟馗"，可幼薇不觉得，相识已久，只觉得他是天底下最好的男人；她亦不知，自己已经长成了艳若海棠花般的妙龄少女，粉腮带笑，秀雅绝俗，是世人眼中一道亮丽的风景线。

她傻乎乎地爱上了自己的老师，却不知道她的老师不敢爱她，他老了，又丑，还很落魄，怎么敢娶她？

后来有一个机会，温庭筠可以去外地做一个小官，便离开了长安，前往湖北襄阳，做了刺史徐简的幕僚。爱情刚刚在心中萌芽，便遭遇了离散，幼薇陷进了无尽的思念之中，唯有鸿雁传书，聊表寸心。

她写了那首《遥寄飞卿》：

阶砌乱蛩鸣，庭柯烟露清。

月中邻乐响，楼上远山明。

枕簟凉风著，谣琴寄恨生。

稽君懒书礼，底物慰秋情？

　　我无法猜测温庭筠看到这封信笺时的心情，但是可以想到，他自然也是思念那个远在长安、自己想爱却不敢爱的女子，这诗中幼薇没有表露心迹，但是一代文豪又怎能不知呢？他无法说服自己去爱，也无法给徒儿一个安慰，只能把所有的情绪付诸秋风。

　　一封又一封的信，写尽了相思，随风而去，却像是断了线的风筝，温庭筠杳无音信，可痴情的女子岂会放弃？于是幼薇又写了一首《冬夜寄温飞卿》：

苦思搜诗灯下吟，不眠长夜怕寒衾；

满庭木叶愁风起，透幌纱窗惜月沈。

疏散未闻终随愿，盛衰空见本来心；

幽栖莫定梧桐树，暮雀啾啾空绕林。

　　冬日漫漫，思君情切，幼薇的少女情思跃然纸上。温庭筠应该是受感染的，可就算是不顾年龄，不顾容貌差异，世人皆知二人是师徒，一日为师便是终身为父，这种不被世俗所接受的相守，必会被人诟病。

于是，缄默，便是温庭筠的回答。

两年后，再回长安，他的爱徒风采更胜当年，风华绝代，无数人拜倒在她的石榴裙下。温庭筠的态度未改，渐渐幼薇也明白她与师傅之间终究是没有可能的。

那种凄凉，无处可话，却也无可奈何，只能慨叹，"万般都是命，半点不由人"。

那时候，李亿，这位江陵名门之后，因为祖荫进京补阙，在游览崇贞观时读到鱼玄机那首"云峰满月放春晴，历历银钩指下生。自恨罗衣掩诗句，举头空羡榜中名"，很是欣赏，后来在温庭筠家中看到幼薇娟秀的诗笺：

> 红桃处处春色，碧柳家家月明。
>
> 楼上新妆待夜，闺中独坐含情。
>
> 芙蓉月下鱼戏，彩虹天边雀声。
>
> 人世悲欢一梦，如何得作双成？

自古才子爱佳人，李亿怦然心动。温庭筠饱经世事，察言观色，知李亿已经情动，徒儿总是要嫁人的，既然自己无法给她一个安稳的家，那就要为她的前途考虑，便从中撮合。

长安三月，繁花似锦，又是温庭筠与幼薇相遇时那样的柳絮儿飞满天，一乘花轿，一袭嫁衣，幼薇便嫁给了李亿。开始也不是不幸福，林亭的别墅，金童玉女，吟诗作对，醉酡红颜，也是无限美好。

可李亿是有妻的，还是个狠角色，人在江陵。裴氏见夫君入京多时，未曾接自己入京，便写信催促。后来李亿接了她来，她不肯接受幼薇，弗进家门，就对她一顿毒打，幼薇忍气吞声，希望她出过气后，就能接纳她，然而裴氏始终接受不了，后来逼着李亿休了她。

裴氏是豪门千金，李亿不得不顺从，将幼薇送到咸宜观，让她权且忍耐一下，等待重逢。

一门婚姻，不过三个月，就匆匆作结。

咸宜观的姑姑为幼薇取名玄机，就这样一个气若幽兰的佳人，便长伴青灯古佛了。她思念她的夫君，思念她的老师，写了开头我提的那两句，"忆君心似西江水，日夜东流无歇时"。

三年后，她得知夫君已经南下扬州做官，和泪研墨，写了一首著名的《赠邻女》。

> 羞日遮罗袖，愁春懒起妆。
>
> 易求无价宝，难得有情郎。
>
> 枕上潜垂泪，花间暗断肠。
>
> 自能窥宋玉，何必恨王昌。

"易求无价宝，难得有情郎。"至理名言啊！

咸宜观的故事，很多人都知道，鱼玄机自暴自弃，流连声色，周旋于不同男人之间，声名狼藉，温庭筠听说了自己爱徒的下场，心痛不已。

爱而不得，命途多舛，一代才女就这样在红尘中堕落和萎靡。后来她失手打死了侍女绿翘，被官府治罪，处以斩刑，年仅二十七岁。

据说，她死前曾在公堂表露心迹，此生真正爱过的人，只有温庭筠一人而已。

温庭筠听旁人道来时，泪满青衫，撕心裂肺之痛。

我读完温庭筠和鱼玄机的故事，总是有些恨意，说不上为什么，总觉得鱼玄机的悲剧都是温庭筠的错。他揉皱了一池春水，明明背负浪荡公子的名声，却又惧怕世俗的目光，不肯给鱼玄机一个未来，而把她一生错付。

玉炉香，红蜡泪，映照画堂秋思，温庭筠默然写道，

"玲珑骰子安红豆，入骨相思知不知"，纵使相思入骨，痛彻心扉，你不说，佳人怎么会知？

倘若当年，你回信给幼薇说，有美人兮，见之不忘，一日不见兮，思之如狂，又能如何？甚至可以写一写这首《采葛》，"彼采萧兮，一日不见，如三秋兮"，岂不是一段佳话？

当然了，这只是我的想象。

不过倘若真的可以穿越，我真愿劝劝当年的幼薇一句，"他生莫作有情痴，人间无地著相思"，在心底留一块地方，心疼自己。

自古幽会美传多　哪位痴情如尾生

静女[1]其姝[2]，俟[3]我于城隅[4]。爱而不见[5]，搔首踟蹰[6]。

静女其娈[7]，贻[8]我彤管。彤管[9]有炜[10]，说怿[11]女[12]美。

自牧归荑[13]，洵美且异[14]。匪[15]女之为美，美人之贻。

——出自《诗经·邶风·静女》

注解

1. 静：娴雅安详。静女：一说为淑女，马瑞辰《通释》解释"静"为"靖"之假借，谓之曰"善女"。

2. 姝（shū）：美好，漂亮。

3. 俟（sì）：等待。

4. 城隅：城角。

5. 爱而不见：爱，通"薆"（ài），隐藏。见：出现。

6. 踟蹰（chí chú）：徘徊、犹豫。

7. 娈（luán）：美好。

8. 贻（yí）：赠送。

9. 彤管：古代女史用以记事的杆身漆朱的笔；一说指乐器，一说指红色管状的初生之物，一说红色的管草，均可讲通。

10. 有炜：形容红润美丽；"有"为形容词的词头，不是"有无"的"有"，等于炜炜。

11. 说怿（yì）：说，通"悦"；怿，喜爱。

12. 女：通"汝"，指"荑"。

13. 牧：野外。归：通"馈"，赠。荑：（tí）本义为茅草的嫩芽，引申之为草木嫩芽。

14. 洵：实在，诚然。异：特殊，奇异。

15. 匪：通"非"。意为不，不是。

译文

姑娘温柔又静雅，约我城角去幽会。有意隐藏不露面，徘徊不前急挠头。

姑娘漂亮又静雅，送我一束红管草。红管草色光灿灿，更爱姑娘比草美。

送我野外嫩茅草，嫩茅美丽又奇异。不是嫩茅本身美，宝贵只因美人赠。

欧阳修在《诗本义》中曰："《静女》一诗，本为情诗。"这首写男女相悦、幽期密约的诗，很多人熟悉，且能成诵。

有人说，读这首诗时，内心雀跃，情不自禁会想起年少时偷偷和心上人约会的情景，和诗中男子的心情一样，既焦急，又充满了期待，等约会结束后回家，看着窗外皎洁的月亮，心里还泛起甜甜的幸福。

是呀！少男少女时代，背着老师和朋友，找一个幽静的咖啡馆，一起喝一杯卡布奇诺，谈天说地，畅想未来，或者跟父母撒谎要补课，手拉手偷偷去看一部电影，总会有一种赚到的感觉，对不对？睡前还不忘回味她或者他偷偷的那个吻，觉得脸上还烫得发烧，在梦里都要笑醒了。

《静女》中这对恋人幽会，也是瞒住了身边的人，可是我读诗时，总是忍不住会想他们是怎么联系的，"月上柳梢头，人约黄昏后"，他们是怎么约定好时间、地点的呢？

要知道，古代人的婚嫁讲究"父母之命、媒妁之言"，婚前男女双方是不见面的。试想一下，这对相爱的男女偷偷在城墙角落某处约会，必然是经历了一系列繁琐的过程。那时候没有手机，更没有微信，不能即时通讯。

他们想要约会，得先偷偷传递消息，已是不易，而且这期间，如果有一个人有突发事件要去处理，对方都不知晓，只能苦等到天黑了。

春秋时，鲁国曲阜就有一个憨厚的老实人，叫尾生。他为人正直，乐于助人，在梁地对一个年轻漂亮的姑娘一见钟情，于是君子淑女私定终身，但是女子的父母嫌弃尾生是白屋之士，不名一钱，不愿意自家的闺女嫁去过朝齑暮盐、啜菽饮水的苦日子，于是两人便相约私奔回曲阜，黄昏时分，"城外桥面，不见不散"。

然而女子因私奔的事情败露，被父母禁锢家中，尾生并不知情，一早就等待在木桥上，也是尾生运气不好，那天突然乌云密布，狂风怒号，电闪雷鸣，滂沱大雨，倾盆而至，随即山洪暴发，滚滚洪流裹挟泥沙席卷而来，很快就淹没了尾生的膝盖，可他因为与女子的那句约定，"城外桥面，不见不散"，怕女子来了找不到他，一直不肯离开，洪水越来越大，四顾茫茫，水波浩渺，尾生却寸步不离，抱住桥柱，至死方休。

后来，女子趁着父母不注意，黉夜逃出，冒雨来到城外桥边，洪水渐渐退去，女子看到抱柱而亡的尾生，悲痛欲绝，嚎啕大哭，纵身跳进河中，为爱人殉情。

《静女》这首诗中的恋人比尾生幸运，他们总算见到了对方，不过是怎么费尽周折的，诗中没有言明。我想，或许是他们太想见面了，太思念了，便千方百计地相约相会，可他们不敢如此明目张胆，只是悄悄地"俟我于城隅"。

男子到了很久了，左顾右盼，女子还是"爱而不见"，所以他才会万般焦虑，才会"搔首踟蹰"，想象着恋人的明眸善睐，踮脚翘望，终于看到恋人翩翩而来，金色的夕阳下，她凌波微步，罗袜生尘，若飞若扬，男子喜不自胜。

古代男女幽期密约不容易，约会的地方也要特别选择，这首诗中，是相约在"城隅"，《诗经·鄘风·桑中》中，男子是一边摘麦，一边想象与恋人的相约，"期我乎桑中，要我乎上宫，送我乎淇之上矣"。不管如何，古代恋人相会的地方，也无外乎山间溪畔、林荫花园、城外寺院等这些中规中矩、能避人耳目的地方。

倒是《牡丹亭》提到了两个特别的约会地点：一个在梦中，一个在画里。

杜丽娘读了《诗经·周南·关雎》，惹动情思，在昏昏梦中看见一个俊俏书生折了半枝垂柳来求爱，梦醒后作诗云："近睹分明似俨然，远观自在若飞仙。他年得傍蟾宫客，不在梅边在柳边。"

而柳梦梅呢？他进京赶考，借宿观中，无意中捡到杜丽娘的画像，情有所钟，思念至极，终得与画中人相会。唱和诗曰："丹青妙处欲天然，不是天仙即地仙。欲傍蟾宫人近远，恰如春在柳梅边。"

这样的约会，看似大胆荒诞，却是真情流露，爱情来了，很难解释清楚，"情不知何时起，一往而情深"。

恋人约会中还有一些小事，很有意思，能为对方一个微笑、一个小礼物而傻乐到天明，就像诗中，女子送给男子一个小礼物，"贻我彤管"，"自牧归荑"，男子拿着这一束野外的茅草，心里乐得要飞起来了。"彤管有炜，说怿女美"，"匪女之为美，美人之贻"，因为是喜欢的人赠予，所以再不起眼的小东西，都饱含着缱绻的爱意。

想一想，你有没有珍藏过恋人送的那些很有纪念意义却并不值钱的小东西？那一刹那心情是不是也如诗中男子那般快乐呢？

古人描写男女约会的有趣诗句很多，南唐后主李煜写过一首《菩萨蛮》，很有名。

花明月暗笼轻雾，今宵好向郎边去。

袜步香阶，手提金缕鞋。

画堂南畔见，一向偎人颤。

奴为出来难，教郎恣意怜。

那时候大周后病重，小周后进宫探望，李煜爱上了小姨子，两个人常偷偷幽会，暗通款曲。李煜词中这个"手提金缕鞋"蹑手蹑脚、不顾一切跑出来赴情郎约会的小姑娘，正是与李煜演绎一曲凄婉动人爱情悲剧的小周后，那时候她才十八岁，芳华正茂，艳若桃李。

然而，甲之蜜糖，乙之砒霜，大周后知道此事后，心中悲恸愤恨，至死再也没有看过李煜一眼。后来，大周后死后，李煜娶小周后，隆重的婚礼轰动整个南京城。

可惜呀，"眼见他起朱楼，眼见他宴宾客，眼见他楼塌了"，南唐渐渐式微，鲜花着锦的日子终究有一天也会晦涩无比，小周后也是苦命人，没福消受这泼天的皇家富贵，悲惨的日子随着亡国而开始。

有些时候，别看爱情绽放时，美得动人心魄，美得让人忘乎所以，似乎可以天长地久、长长远远地幸福，可是很多时候越是美好的事物，就越像镜中月、水中花一样，容易逝去，不要妄想永远都那么美，那么纯粹。

在漫漫的人生征途中，谁也不免为贪嗔痴爱所困，相恋伊始，几乎都像《静女》中这般甜蜜，可想要一起白头却没那么容易，"有情皆孽，无人不冤"，总会吃些苦头，摔些跟头。

我们羡慕那些从没有红过脸、拌过嘴的夫妻，却不知他们幸福不仅是因为能一起看落霞与孤鹜齐飞的美景，能一起扛过风刀霜剑严相逼的苦难，还因为他们横眉冷对时都关紧门罢了。

和慕清一起读诗经

诗经

七月篇

JULY

只恐双溪舴艋舟　载不动许多愁

泛¹彼柏舟，亦泛其流²。耿耿³不寐，如有隐忧⁴。微⁵我无酒，以敖以游。

我心匪鉴⁶，不可以茹⁷。亦有兄弟，不可以据⁸。薄言往愬⁹，逢彼之怒。

我心匪石，不可转也。我心匪席，不可卷也。威仪棣棣¹⁰，不可选¹¹也。

忧心悄悄¹²，愠于群小¹³。觏闵¹⁴既多，受侮不少。静言思之，寤辟有摽¹⁵。

日居月诸¹⁶，胡迭而微¹⁷？心之忧矣，如匪澣衣¹⁸。静言思之，不能奋飞。

——出自《诗经·邶风·柏舟》

注解

1. 泛：浮行，漂流，随水冲走。
2. 流：中流，水中间。

3. 耿耿：鲁诗作"炯炯"，指眼睛明亮；一说形容焦灼不安的样子。

4. 隐忧：深忧。隐：痛心的忧愁。

5. 微：非，不是。

6. 鉴：铜镜。

7. 茹（rú）：容纳。

8. 据：依靠。

9. 薄言：语助词，此处含有勉强的意思。愬（sù）：同"诉"，告诉。

10. 棣棣：雍容、安和、娴雅的样子；一说丰富盛多的样子。威仪：仪容、态度容貌。

11. 选：退让。三家诗"选"作算，不可选，言自己的仪容美备，是不可胜数的。说亦可通。

12. 悄悄：忧愁的样子。

13. 愠（yùn）：恼怒，怨恨，言自己被一群小人所怨。《说文》："愠，怨也。"群小，朱熹《诗集传》："众妾也。"

14. 觏（gòu）：同"遘"，遭逢。闵（mǐn）：痛，指患难，指中伤陷害的事。

15. 寤：睡醒。辟（pì）：通"擗"，捶胸。有摽

（biào）：捶打胸脯的样子。

16. 居、诸：语助词。日、月：指丈夫。

17. 迭：更动。微：指隐微无光。这是诗人用日月无光比丈夫的昏暗不明。

18. 澣（huàn）：洗涤。如匪澣衣：像不加洗濯的衣服，指心上的烦恼不能清除，正如不澣之衣污垢长在。

译文

　　柏木船儿荡悠悠，河中水波漫漫流。圆睁双眼难入睡，深深忧愁在心头。不是无酒来消愁，不是无处可遨游。

　　我心并非青铜镜，不能任谁都来照。娘家也有亲弟兄，谁知他们难依靠。前去诉苦求安慰，对我发怒脾气躁。

　　我心并非石一块，哪能任人去转移。我心不是草席软，哪能打开又卷起。仪容闲静品行端，哪能退让任人欺。

　　愁思重重心头绕，群小怨我众口咬。横遭陷害已多次，身受侮辱更不少。审慎考虑仔细想，梦醒拍胸心更焦。

叫声太阳叫月亮，为啥变得没光芒？不尽忧愁在心中，好似脏衣未洗洁。审慎考虑仔细想，不能奋起高飞越。

读《诗经》读得久了，总会有人问我，有何益处？

我常说，《诗经》包罗万象，容纳了很多人生道理，值得认真读，须得反复读。就比如，最初我读《柏舟》，只读到了一位自伤不得于夫、见侮于众妾，却自尊傲岸的女子，后来读到刘义庆《世说新语·文学》所写"郑家诗婢"的故事，再回头看这首诗，顿觉发现了新的境界。

郑玄家奴婢皆读书。尝使一婢，不称旨，将挞之。方自陈说，玄怒，使人曳箸泥中。须臾，复有一婢来，问曰："胡为乎泥中？"答曰："薄言往愬，逢彼之怒。"

郑玄是东汉时期著名的儒家学者、经学大师，他以毕生精力整理古代文化典籍，使得经学进入一个"小统一时代"。这个故事大意是说，郑玄风雅，连家中的婢女都知道读书。有一次，婢女做事不合他心意，他大动肝火，欲对其施以家法，这个婢女在他气头上急于辩解。郑玄怒不可遏，不由分说地让人将其拖拽到院中的泥地里。过了一会儿，另一个婢女过来问她为什么跪在泥中，这位婢女回答说："我刚申辩时，正赶上他在气头上。"

这个故事中两个婢女的对话皆出自《诗经》，问句"胡为乎泥中"出自《式微》，答话"薄言往愬，逢彼之怒"就出自《柏舟》，这两句对今人仍有启发，警示我们不要在领导生气时汇报工作，否则做得再好，逢领导之怒，倒霉的就是自己。

因这个故事，后世人常用"郑家诗婢"的典故来比喻知书的婢仆。试想一下，奴婢尚且知道读《诗经》，知道《柏舟》，何况我们呢？

要真正懂得这首诗，必须要理解诗歌中"舟"的意象所指。

这首诗，以"泛彼柏舟，亦泛其流"起兴。柏木材质坚硬结实，不容易毁坏破损，柏舟也有此特质。诗人用"柏舟"喻己，用来说明她心性坚定，不随波逐流，然而一个"泛"字却带来冲突，舟行水上，水流湍湍，无所依傍，只能任意东西，四处飘荡，"泛彼柏舟"，衬托出了女子飘摇零落的心境。

这是"漂泊"之舟。

李白曾在《秋浦歌》中写道：

秋浦猿夜愁，黄山堪白头。

青溪非陇水，翻作断肠流。

欲去不得去，薄游成久游。

何年是归日，雨泪下孤舟。

天涯何其大，不知何日能归乡。寂静的夜里，诗人眼前只有一叶扁舟，伤感惆怅之情溢满心头。此时眼前的舟已不是简单的行驶和摆渡工具，而是凝集了诗人漂泊之痛楚和思乡之情切的"生命之舟"。

在《柏舟》一诗中，这只"生命之舟"，不仅仅在"漂泊"，还暗含着向往独立和内心坚韧的意思，就如这三句所写，"我心匪鉴，不可以茹""我心匪石，不可转也""我心匪席，不可卷也"，字字铿锵，句句有力，将女子的硬气和英气表现得淋漓尽致。

女子遭遇不公正对待，丈夫应该如日月那般为她带来光亮，可他耳根子软，只听一面之词，"日居月诸，胡迭而微"，非但不为她申冤，反倒是半点微芒都照耀不到自己。她心生愤懑，很是不服，发誓要保护自己的尊严，绝不妥协退让，所以诗中才写她"威仪棣棣，不可选也"。

这三句诗中，女子意志坚定，令人钦佩，一扫"泛彼柏舟"漂泊之凄惶，而回归"柏舟"本意，坚硬的质地也意味着女子有一颗坚定的心。虽是满腹辛酸，有太多不称意，虽说女子要逆来顺受，可已忍无可忍，"春潮带雨晚来急，野渡无人舟自横"，管他呢！任他如何评说欺辱，我自不会改变心志，不会退让。

可说归说矣，一介弱质女流，能怎么办？

心虽坚定，可丈夫天大，不得不依附于他，不得不寄人篱下，"心之忧矣，如匪浣衣"。"匪浣衣"，是指没有洗过的脏衣服，古人对穿衣很是讲究，衣服整洁是基本体面。女子心中忧伤堆积，就像脏衣服没有洗干净一样令人郁闷，但更令人郁闷的是，"静言思之，不能奋飞"。

想了那么多，下了那么多决心，却什么都做不了，没有办法展翅高飞。徒有傲岸心气，却无舒展之处，真真是呜呼悲哉。

诗中女子的情感走向，从"泛彼柏舟"的漂泊，到"柏舟"的坚韧，再回归"泛彼柏舟"不得不依附于水，一唱而反复咏叹，娓娓道来，将女子在婆家所受的委屈描写得悱恻动人，本以为娘家是个依靠，可兄弟却"不可以据"，勉强前往，又"逢彼之怒"。旧愁未吐，又添新恨，谁曾想到手足之亲竟如此冷漠，更何况他人呢？

"这次第，怎一个愁字了得？"

于是，她将无处可诉的痛苦和想要捍卫的尊严，用泪水、心酸、委屈铸就成诗，婉转申诉，歌而唱之，堪称经典。俞平伯在《读诗札记》中赞誉："通篇措辞委婉幽抑，取喻起兴巧密工细，在朴素的《诗经》中是不易多得之作。"

这首诗也再次说明了一个道理，在艺术世界里，痛苦是艺术家的养分。那些撕扯的痛，那些涌动的悲恸，那些命途多舛的人生遭际，郁结于胸，心中之块垒无处可诉说，无人能懂，唯有用创作来化解。这也是所谓的"悲愤出诗人"和"文章憎命达"的含义所在，毕竟太平顺的人生，是难以成就艺术大师的。

就像梵·高，一生只卖掉了一幅画，生前籍籍无名，不得不靠弟弟供养，痛苦就像是一场漫天的雨，连绵不休，浇灌了他的人生，使他不得半刻欢愉。可恰恰是让他痛到无法喘息的遭遇，锤炼了他的画技，给他带来了身后的万世荣光、桂冠和鲜花。

这首《柏舟》也是如此。倘若诗中的女子从来都是一帘小窗幽梦，郎情妾意，举案齐眉，便不会有这首诗了。平凡世俗烟火里的幸福，是易碎的，无法穿越三千年，只有那些在悬崖边依然怒放的花朵，那些经过痛苦淬炼过的生命体验，才更有感染人心的力量，不是吗？

问世间情为何物　直教人生死相许

泛彼柏舟，在彼中河。髧彼两髦[1]，实维我仪[2]；之死矢靡它[3]。母也天只[4]！不谅[5]人只！

泛彼柏舟，在彼河侧。髧彼两髦，实维我特[6]；之死矢靡慝[7]。母也天只！不谅人只！

——出自《诗经·鄘风·柏舟》

注解

1. 髧（dàn）：头发下垂状。两髦（máo）：男子未行冠礼前，前额的头分向两边披着，长齐眉毛，分向两边状。
2. 仪：偶的假借字，配偶。
3. 之：到。矢：通"誓"，发誓。靡它：无他心。
4. 也：语助词。只：语助词。
5. 谅：体谅、相信。
6. 特：匹偶。马瑞辰《通释》："《方言》：'物无偶曰

特。'《广雅》：'特，独也。'皆训特为独。……匹

为一，又为双为偶，皆以相反为义也。"

7. 慝（tè）：通"忒"，变更，差错，变动。也指邪

恶，恶念，引申为变心。

译文

　　轻轻摇荡柏木舟，在那河中慢慢游。头发飘垂那少

年，是我相中的好侣伴；发誓至死不另求！我的母亲我的

天，为何对我不相信！

　　轻轻摇荡柏木舟，在那河边慢慢游。头发飘垂那少

年，是我相中的好侣伴；发誓至死不变心！我的母亲我的

天，为何对我不相信！

　　《柏舟》，你或许会觉得熟悉，因为"邶风"中也有

一首《柏舟》。

　　"邶风""鄘风""卫风"讲的都是卫国的事。要想读

懂这首诗，得先了解卫地之风的一些特点。据说，最早做

出过鉴赏评价的是季札，时至今日，他的很多观点依然很

有价值，比如，"忧而不困"。

　　这个季札是谁呢？他是吴王寿梦的第四个儿子，是先

秦时代最伟大的预言家、政治家、美学家、评论家等等，他还是孔子的老师，是南方第一圣人，历史上有"南季北孔"之赞誉。

正因为他才华横溢，寿梦很喜欢他，要将王位传给他，可他为避王位，"弃其室而耕"，跑到常州焦溪舜过山种庄稼。寿梦不甘心，临终躺在病榻上，看着跪了一地的儿子，颤巍巍地伸出手，拉着长子诸樊的衣袖，嘱咐他，王位一定要"兄终弟及"，以便最后传到季札的手中。

季札学富五车，才高八斗，却不爱江山，爱听"诗"。

在一个烟雨蒙蒙、草长莺飞的日子里，他垂手坐在太湖边，听鲁国乐队演唱"邶风""鄘风""卫风"，也就是现在的河南民歌。听完后，他将这三者合为一体，统称为"卫风"，以与其他国风相区别。

季札说："美哉，渊乎！忧而不困者也。吾闻卫康叔、武公之德如是，是其'卫风'乎。"在他眼中，卫地之风是"忧而不困"的，不同于"二南"的"勤而不怨"。

"忧而不困"说的是，"卫风"里虽有忧思，但不至于窘迫，总没有走到绝境里去，还有一线生机，因为生活在那里的人们有抗争的精神。《鄘风·柏舟》描写的情景也体现了这四个字，它讲述的是女子追求爱情自由，与"父母之命，媒妁之言"抗争的故事。

不过，也有学者认为，这首诗写的是共姜在卫伯死后，为夫守节，从一而终，不肯改嫁的故事，后世人还将女子丧夫称之为"柏舟之痛"，而为夫家守节不嫁就是"柏舟之誓""柏舟之节"。

如同《红楼梦》中宝玉的亲嫂子李纨，一生遵从三从四德，丈夫贾珠死后，她孤守心中那座贞节牌坊，没有改嫁，活着唯一的盼头就是"望子成龙"，如槁木死灰一样，毫无生气。就像是她的判词中说的，"桃李春风结子完，到头谁似一盆兰；如冰水好空相妒，枉与他人作笑谈"。

年轻时守寡，晚年母凭子贵，贾兰"头戴簪缨"，"胸挂金印"，她也封了诰命，"戴朱冠"，"披凤袄"，可那又能怎么样呢？不过是担着"虚名"，不过是他人嘴中的笑谈罢了。

就连写"前不见古人，后不见来者，念天地之悠悠，独怆然而涕下"的陈子昂，也曾给一位参军朋友之妻写过墓志铭，里面有这么几句："青松摧折，哀断女萝之心；丹节孤高，终守柏舟之誓。"

然而，这些旧说，大多属于胶柱鼓瑟，牵强附会，着眼迂腐的论述，不足为取。

《鄘风·柏舟》写的是女子爱上了一位还未成年的小伙子，这一点，从"髧彼两髦，实维我仪"和"髧彼两髦，实维我特"两句，就能看出。古代男子什么年龄梳什么发型是有讲究的，不能越礼，"两髦"说的是男子未行冠礼前的发型。不行冠礼便不能成亲，所以怎么可能是娶妻生子后不幸身亡的"丧夫"卫伯呢？

这首诗，和《邶风·柏舟》一样，以"泛彼柏舟"起兴。"舟"在古诗中意象丰富，在这里象征了一种自由的精神，代表了女子追求爱情自由的信念，她不要公卿大夫，她不要王公贵族，她爱上的是那个乘舟而来的少年郎。

这种以"舟"喻"自由"的用法，渊源始于庄子。《庄子·列御寇》中说，"巧者劳而知者忧，无能者无所求。饱食而遨游，泛若不系之舟，虚而遨游者也"。

司空曙也曾作诗《江村即事》：

钓罢归来不系船，江村月落正堪眠。

纵然一夜风吹去，只在芦花浅水边。

　　这描写的是一种自由自在的状态，是生活之自由。《鄘风·柏舟》中追求的自由是爱情的自由，是要在情感的世界里，也如一叶小舟，自由漂流，不受拘束和管辖，是爱想要爱的人的自由。

　　想象着有一日，和风习习，天朗气清，在一片辽阔的水域，一叶柏木扁舟，从青山如黛处飘然而来，舟上男子一袭白衣，手持横笛，倚风行缓缓，春衫瘦著宽，是何等风流偶傥。诗中的女子本来是和小姐妹在岸边玩耍的，却在不经意瞥见了这位男子，电光火石之间，爱情就在她的心中发了芽。

　　那一刻仿佛风烟俱净了。

　　什么前尘往事，什么天地玄黄，什么宇宙洪荒，她通通都忘记了。她心中或许只剩下那一句，"举觞白眼望青天，皎如玉树临风前"，因为"玉树临风"这四个字，说的就是面前这个男子呀。

　　爱情生发了，却遭到了反对。"母也天只！不谅人只！"为什么母亲却这么不通情达理？为何不能成人之美？

　　虽然追求幸福的路上困难重重，可她依然爱得执着，就像季札评价"卫风"是"忧而不困"，她的爱情也没有走到绝境里去，因为她的决心和勇气，因为她"之死矢靡它"，因为她"之死矢靡慝"，所以还有一丝喜结良缘的可能，她要她的爱情，到死都不会改主意的。

　　读这首诗，总会让我想起卓文君。

　　司马相如和卓文君，一个是被临邛县令王吉奉为上宾的才子，一个孀居在家的佳人，他们相爱源于那首著名的《凤求凰》。

　　据说，这个临邛县令王吉有个妹妹叫王锦，是卓文君闺中密友，她们一起抚琴学艺，无话不谈，有一次王锦将司马相如的《子虚赋》带给卓文君看，她读后赞叹不已，还写了《读子虚赋》和之。

　　而司马相如呢？他也曾听闻卓文君风姿绰约，气度华贵，眉色远望如山，脸际常若芙蓉，皮肤柔滑如脂，而且还是个才女，便心生爱慕。有一天，司马相如回到蜀中，恰逢卓王孙宴请宾客，他也在宾客之列，便弹奏了《凤求凰》倾吐心声：

凤兮凤兮归故乡，游遨四海求其凰。

有艳淑女在闺房，室迩人遐毒我肠。

何缘交颈为鸳鸯，胡颉颃兮共翱翔！

皇兮皇兮从我栖，得托孳尾永为妃。

交情通意心和谐，中夜相从知者谁？

双翼俱起翻高飞，无感我思使余悲。

这首诗，今人读来仍会觉得大胆而奔放，直率而坦诚，滚烫的爱情，像是一袭热浪涌来，卓文君躲在屏风后面，听得也是怦然心动，二人遂立下山盟海誓。后来，司马相如依约定向卓府求亲，想迎娶心上人。卓王孙看不上穷小子司马相如，想将女儿许配给临邛一个富商之子，但卓文君誓死不从。

于是，在一个月黑风高的夜晚，卓文君与司马相如私奔了。他们结为夫妇，相亲相爱，纺纱织锦，典当为生，很是快乐，可日子过得是真的穷，为了替补家用，从小十指不染阳春水的贵族小姐卓文君，也不得不粗布裙钗，当垆卖酒。

司马迁曰："相如与（卓文君）俱之临邛，尽卖其车骑，买一酒舍酤酒，而令文君当垆。相如身自著犊鼻，与保佣杂作，涤器于市中。"

卓文君就像是《鄘风·柏舟》中的女子一样，爱上了司马相如，义无反顾地和他在一起，勇敢与卓王孙反抗，不惜夜奔。她的爱情虽困难重重，但也属于"忧而不困"，是因为她知道她要的是什么，她要她的爱情，恰如诗中所言，"之死矢靡它"，"之死矢靡慝"。

"问世间情为何物，直教人生死相许"，这是一种莫大的勇气。人们常常会为那些相爱却分离的恋人感伤，觉得他们是被命运折磨，其实很多时候，怨天怨地，终归还是怨他们爱得不够深厚而已。

两个人相爱时无法一起栉风沐雨，以后又怎能风雨同舟呢？人生何处无"忧"，哪有什么坦途可走？在荆棘满布的道路上，唯有自己才能给自己一线生机，要守护好爱情，就要有一颗对爱情坚贞的心。

有一句歌词说得好，"爱真的需要勇气"，所以，如果爱，请深爱，用力爱。

筑起新台锁美娇　从此君王不早朝

新台有泚[1]，河水瀰瀰[2]。燕婉[3]之求，籧篨不鲜[4]。

新台有洒[5]，河水浼浼[6]。燕婉之求，籧篨不殄[7]。

鱼网之设，鸿则离之[8]。燕婉之求，得此戚施[9]。

——出自《诗经·邶风·新台》

注解

1. 新台：台的故址在今山东省甄城县黄河北岸，卫宣公
   为纳宣姜所筑。有泚（cǐ）：鲜明貌，形容新台新而
   鲜明的样子。《说文》："玼，玉色鲜也。"

2. 河：黄河。瀰瀰（mí mí）：水满貌。

3. 燕婉：燕，安；婉，顺。指夫妇和好。

4. 籧篨（qú chú）：癞蛤蟆、蟾蜍一类的东西（从闻一多
   说，见《闻一多全集·天问·释天》）。有专家说，
   籧篨和下文"戚施"，都是象征丑恶的人的通称。
   鲜：善。

5. 有洒（cuǐ）：高峻。

6. 浼浼（měi）：水盛貌。

7. 殄（tiǎn）：善。

8. 鸿：旧解为鸟名，闻一多《〈诗·新台〉鸿字说》中，考证鸿就是蛤蟆。离：通"罹"，遭受，附着，获得。

9. 戚施：驼背，一说蛤蟆。《太平御览·虫豸部》引《薛君章句》云：戚施，蟾蜍，喻丑恶。蟾蜍，即癞蛤蟆。

译文

新台新台真辉煌，河水一片白茫茫。本想嫁个如意郎，碰上个丑汉蛤蟆样。

新台新台真高敞，河水一片平荡荡。本想嫁个如意郎，碰上个蛤蟆没好样。

想得大鱼把网张，谁知蛤蟆进了网。本想嫁个如意郎，碰上个蛤蟆四不像。

读任何书籍，我们总会在不自觉中将业已形成的价值判断带入，读这首诗也是如此。

《诗经》中很多篇目里的主人公身份难以确定。这首诗倒是好，古今几乎无异辞，说的就是卫宣公，在经历"王官采诗"说、"孔子删诗"说，以及"太师编诗"说等复杂漫长的结集过程后，都留下了这一篇写卫宣公的诗。

这足可见，卫宣公当时得有多招人恨和招人厌，因为有时记录本身就是一个态度：讽刺。

这首诗讽刺的是卫宣公偷情后母，后又"扒灰"的故事。这是怎样一个故事呢？让我们从头开始说。

他的父亲卫庄公六十岁那年从夷国娶了个年轻漂亮的妃子，这个妃子就是夷姜，卫宣公终日游手好闲，看到这个比自己还年轻的"后母"，起了色心，每日晨钟定省，殷勤请安，比孝顺他老爹还勤快。

终于，"功夫不负苦心人"。

卫宣公和夷姜有了一个儿子叫伋，寄养在宫外，也就是这首《新台》中悲催的本来要娶齐国公主的男主角。这个卫宣公，还有个哥哥是卫桓公，是卫庄公的长子，当时继承了大统，可是命不好，荣登大宝后没几年因为宫廷内部争斗死了，卫宣公就在卫太后的一手扶持下当上了国君，开始了为非作歹的君主生涯。

他一即位，就做了两件大事，活活把他老妈气死了，一是宣布他的后母夷姜是他的合法夫人，二是将他的私生子公子伋接进了宫中，立为太子。

所谓作孽滔天之人，天必收之，不是不报，时候未到。

先是夷姜和公子伋，都没有落得好下场。

话说，公子伋十五岁时，夷姜催促着卫宣公给自己宝贝儿子娶老婆，当时恰好卫宣公去齐国出访，齐国国君就允诺要把自己的公主许配给公子伋，两国联姻，抵御外侮。

就这样，诗中讲述的故事马上就要开始了。

这位齐国公主斋戒完毕后启程去卫国时，卫宣公这才发现齐国公主简直比天仙还美，便改变主意，在河上高筑新台，把齐国公主截留下来，霸为己有，宠冠后宫，就是后来的宣姜。

卫国人对宣公所作所为实在看不惯，便编了这首歌来挖苦他，这首诗的后续故事也是狗血一地。

这个卫宣公确实是宠爱宣姜，又和她生了两个儿子，公子寿和公子朔。所谓爱屋及乌，反之亦然，这时的卫宣公见后母夷姜是越来越不喜欢，捎带讨厌起他们的私生子公子伋，就对他们娘俩进行迫害。夷姜此时才终于恍然大悟，悔恨莫及，自缢身亡。

现在就剩下了碍眼的公子伋了，这个齐国公主宣姜也不是什么贤良淑人，为了让自己的儿子当上国君，和卫宣公合谋买通江湖杀手要杀死这个她曾经的婚配对象。可是，人算不如天算，她的儿子公子寿与公子伋兄弟情深，心生怜悯，知道了这事，要替公子伋去死，结果两个好兄弟都死在了卫宣公和宣姜买通的杀手刀下。

宣姜还来不及为枉死的孩子留几滴眼泪，就忙不迭地把另一个儿子公子朔送上了太子宝座。这个公子朔也不是省油的灯，听人嚼舌根后知道原来自己的爹娘居然是"公媳"关系，犹如五雷轰顶。又过了三个月，公子朔突然宣布卫宣公暴毙，结束了卫宣公淫乱的一生，公子朔也摇身一变，成了卫慧公。

当然了，聪明如你，看了那么多宫廷戏，一定懂得，"暴毙"这其中会有多少含义、多少门道了。

《新台》一诗中前因后果的故事，就是如此，这里面似乎没有一个好人。其实，在古代，无论是话本小说，还是诗词歌赋中明说、隐说这种事情的还有很多。

看过《红楼梦》的人都知道，有一次，贾府的老仆人焦大喝醉了，嚷嚷讥讽贾府营营苟且，"每日家偷狗戏鸡，爬灰的爬灰，养小叔子的养小叔子，我什么不知道？"这里面"爬灰"说的就是贾珍贾大爷和他儿子贾蓉之妻秦可卿的男女暧昧关系。

据说，"扒灰"这个典故出自王安石，这是怎么回事呢？

话说这王安石有一个傻儿子，娶了一个儿媳妇，名曰惠儿，才貌双全，国色天香。王安石中年丧偶，有一次路过儿媳妇房间，瞥见春光无限，便在充满灰尘的墙上写了一句："早朝归来日影斜，牙床横卧一琵琶"，一边观察儿媳妇的反应。

儿媳妇看见公公在外面鬼鬼祟祟，于是出来看看他在墙上写了什么，一看墙上的诗句，当即明白了什么意思，便在后面续写了两句，"何不抱怀弹一曲，玉音不落外人家"。

王安石看到儿媳妇的诗暗自高兴，没有想到自己的傻儿子这时候出来了，于是他赶紧用袖子去擦拭墙上的字迹。傻儿子奇怪，问他老爹在干啥，王安石说，"扒灰"。

个人觉得，王安石"扒灰"的故事，多半是后世无聊文人杜撰的，属于茶余饭后的笑谈，可却有损了先人的荣誉，当不了真的。

真有其事的，应该是唐玄宗和杨玉环。

白居易洋洋洒洒写了那首《长恨歌》，生动描绘了两个人缠绵悱恻，却结局悲惨的爱情故事。"天生丽质难自弃，一朝选在君王侧。回头一笑百媚生，六宫粉黛无颜色"的杨玉环，原本是玄宗的儿子寿王李瑁的妃子，可玄宗强取豪夺后，宠爱不减。

据说，有一次兴庆宫沉香亭观赏牡丹，玄宗召"诗仙"李白前来助兴，大诗人挥毫泼墨，还写了三首《清平调》，其中有一首脍炙人口，还和一个化妆品品牌"露华浓"撞了名，曰：

云想衣裳花想容，春风拂槛露华浓。
若非群玉山头见，会向瑶台月下逢。

故事讲完了，其中意境，你们自己体会，我就不多赘言了，价值评断交给你们了，不知道你们怎么看，反正我是不太喜欢这首诗的。

和慕清一起读诗经

八月篇

AUGUST

有情不必终老　暗香浮动恰好

简[1]兮简兮，方将万舞[2]。日之方中，在前上处[3]。

硕人俣俣[4]，公庭万舞。有力如虎，执辔如组[5]。

左手执籥[6]，右手秉翟[7]。赫如渥赭[8]，公言锡爵[9]。

山有榛[10]，隰有苓[11]。云谁之思？西方[12]美人[13]。彼美人
兮，西方之人兮！

——出自《诗经·邶风·简兮》

注解

1. 简：一说鼓声，有人说，"简"是形容舞师英勇之貌，
   亦通。

2. 方将：将要。万舞：天子宗庙舞曲，是一种大规模的
   舞，内容分文舞和武舞两部分，朱熹《诗集传》中：
   "万者，舞之总名。武用干戚（盾和板斧），文用羽龠
   也。"

3. 在前上处：在前列的上头。

4．硕：身材高大，硕人，身材高大的人，指舞师。俣俣
　　（yǔ）：魁梧健美。

5．辔（pèi）：马缰绳。组：丝织的宽带子。

6．籥（yuè）：古乐器。三孔笛。《礼记》郑注："籥，
　　如笛，三孔，舞者所吹也。"

7．秉：持，拿着。翟（dí）：野鸡的尾羽，舞师执以指
　　挥。

8．赫：红色。渥（wò）：厚。赭（zhě）：赤褐色，赭
　　石。

9．锡：赐。爵：青铜制酒器，用以温酒和盛酒。

10．榛（zhēn）：落叶灌木。花黄褐色，果实叫榛子，果
　　　皮坚硬，果肉可食。

11．隰（xí）：低下的湿地。苓（líng）：一说甘草，一
　　　说苍耳，一说黄药，一说地黄。以上两句是《诗经》
　　　中常用的起兴句式，余冠英以为是一种隐语：以树代
　　　男，以草代女。

12．西方：指周。周在卫西。

13．美人：指舞师，即上文的硕人。硕人和美人，都是当
　　　时赞美男女形体外貌通用的词。

译文

鼓声咚咚擂得响，舞师将要演《万舞》。日头高照正当顶，舞师正在排前头。

身材高大又魁梧，公庭里面当众舞。强壮有力如猛虎，手执缰绳真英武。

左手拿着三孔笛，右手挥动雉尾毛。面色通红如褐土，国君赐他一杯酒。

榛树生长在山上，苦苓长在低湿地。心里思念是谁人？是那健美西方人。西方美人真英俊，他是西方周邑人！

《诗经》是唱了三千年的歌谣。

很多篇目广为传播，妇孺皆知，比如《关雎》。也有一些篇目并不为人熟知，关于题旨要义也是聚讼纷纷，争论不休，就像是这首《简兮》。

在我看来，读诗和读人一样，"人生若只如初见"。初始的印象很重要，最初打动自己的意境和感受，对于鉴赏诗歌来说也很重要。

所谓"文以载道，诗以言志，乐乃心声"，读者和作者心灵最初碰撞时，往往能体察出诗歌的真义，感受到作者最质朴、最干净的内心表达，触碰到诗心所在。

"花朝月夜动春心，谁忍相思不相见。"

第一次读《简兮》时，我想起了南朝梁元帝这两句诗，感觉诗句干干净净，情思之纯，不染尘埃。一个看《万舞》的女子，她被起舞男子的壮美和阳刚所吸引，着了迷，动了情，如是而已。

然而，朱熹、方玉润等人认为此诗是在贬斥卫君昏庸无能，有讽刺意味。他们认为，诗中的"硕人"指的贤良之才，这首诗是在讽刺君主亲近佞人，却让贤者无处施展才华，只得居于伶官，跳跳舞蹈。

尽管历史上卫国进入东周时期后，很多君主做了很多荒唐事，就像是卫宣公好色，卫懿公好鹤，"中冓之言"更是传了千年，但是这种解释也过于牵强附会，胶柱鼓瑟，实在是迂腐不堪。

其实，单从"山有榛，隰有苓"一句隐语中，就不难看出，此诗写的是男女情思，所以高亨、余冠英等多认为这是一首写卫国宫廷女子爱慕、赞美舞师的诗歌。

这也和我第一次读此诗的感触符合。

"简兮简兮，方将万舞"，诗中的"简兮"二字，说的是鼓声。烈日炎炎，鼓声擂动的那一刻，诗中女子的心也如同擂鼓一般，怦怦跳着。

"硕人俣俣"，"有力如虎，执辔如组"，她一边欣赏健硕的舞姿，一边胡乱猜测起舞男子的身份、姓名、家住何方等等，倾慕之情像是一条吐芯子的小蛇，朝着她悠悠然爬来，一口就咬住了她的心。

一个人的思恋，就像是中了毒，哪有心不疼的呢？一见钟情呀，这是何等的电光火石、石破天惊的爱情呢？本来只想看看《万舞》，却不曾想到竟被舞者偷了心。

"云谁之思？西方美人。彼美人兮，西方之人兮。"春潮潜涌，春色撩人，春心萌动，我猜想诗中的女子看完表演后，内心的情愫一定是又开心又羞涩。

就这么喜欢上了一个人，可偏偏是"山有木兮木有枝，心悦君兮君不知"，自己快被那炙热的感情烫伤了，融化了，爱你爱到天荒地老，却是一个人的事情。

一个怀春的女子，体态盈盈，顾影自怜，常常有难言的青春苦闷，"春林花多媚，春鸟意多哀。春风复多情，吹我罗裳开"，这一场一个人的爱情，是绽放在心底的一朵玫瑰，也是一道青春的刺青、一处明媚的忧伤。

此情无计可消除。女子的心中都是天雷勾地火了，"昨夜夜半，分明梦见"，可是郎君却浑然不知，心中怎么能不悲悲切切？

南朝神弦歌《青溪小姑曲》，是写民间娱神祭祀的，里面写道："开门白水，侧近桥梁。小姑独居，独处无郎。"

在青溪水神庙前，瞻仰拜谒的人熙熙攘攘，人头攒动，好不热闹，可"独处无郎"，锦书无处寄，芳心无处托，心中暗自忧伤。这种情愫，似乎很多人都有过，在街角的咖啡店，听到一曲熟悉的歌，旋律萦绕在耳，恍惚间，以为恋人在身侧，抬头张望，却只是自己和影儿两个。

有时候，人怕寂寞，总觉得相伴好过孤单，所以人们才渴望爱情在心中生发，所以舒婷才在《神女峰》中写下"与其站在山顶展览千年，不如在爱人肩头痛哭一晚"这样的诗句。

不得不承认，和《简兮》一样，那些青春爱情故事总会有独特的美学意味。在稍纵即逝的青春时光里，那种不管不顾、心心念念的痴迷，那种恨不得把整颗心都掏出来献给恋人的傻劲儿，读起来总会格外令人着迷。

法国大雕塑家罗丹说："真正的青春，贞洁妙龄的青春，周身充满了新的血液，体态轻盈而不可侵犯的青春，这个时期只有几个月。"

对于很多人来说，这一生的痴情，怕是都用在了情窦初开的几个月里了。

其实呢？或许不过是只见了几面而已，就一念沉迷，情不知所起，一往而深，缘不知所终，身不由己。就像是少年维特爱上了绿蒂，"从此处到绿蒂家只消半点钟，我在这儿感觉着我自己的存在和人间一切的幸福"。

《简兮》一诗，也是如此。

诗人用细媚淡远之笔触，将女子的绵邈低徊的爱慕展露无遗。在女子的眼中，他"有力如虎，执辔如组"，也见他"左手执籥，右手秉翟"，魁梧而健壮，潇洒而迷人。爱情瞬间就在心底播了一颗种子，肆意生长，一日不见如隔三秋。

有时候，有情不必终老，暗香浮动恰好。

何限人间将相家　墙茨不扫伤门阀

墙有茨[1]，不可埽[2]也。中冓之言，不可道也[3]。所[4]可道也？言之丑也。

墙有茨，不可襄[5]也。中冓之言，不可详[6]也。所可详也？言之长也。

墙有茨，不可束[7]也。中冓之言，不可读[8]也。所可读也？言之辱也。

——出自《诗经·鄘风·墙有茨》

注解

1．茨：植物名，蒺藜。一年生草本植物，果实有刺。

2．埽：同"扫"。

3．中冓：内室，宫中龌龊之事。道：说。《韩诗》训"中冓"为"中夜"，亦通。

4．所：若。

5．襄：除去。

6. 详：借作"扬"，传扬。朱熹《诗集传》："详，详言
   之也。"《韩诗》作"扬"，是宣扬之意，亦通。
7. 束：捆走，打扫干净。
8. 读：诵也，宣扬。《毛传》："读，抽也。"《郑
   笺》："抽，出也。"引申为宣扬之意。

译文

　　墙上长蒺藜，不可扫掉呀。宫中秘密话，不可相告
呀。还能说什么呢？说出丑死了呀。

　　墙上长蒺藜，不可除光呀。宫中秘密话，不可张扬
呀。还能说什么呢？说来话很长呀。

　　墙上长蒺藜，不可捆住呀。宫中秘密话，不可讲述
呀。还能说什么呢？说起真羞辱呀。

　　古代有一句话，叫做"红颜祸水"，如果一定要在浩
若烟海的历史中给诸位"祸水"排序，我想《墙有茨》的
主人公宣姜一定名列其中，且排名起码前五。

　　西汉时有一本书，名曰《列女传》，作者刘向，这本
书是儒家对妇女的看法，是封建社会统治阶级衡量女性行
为的标准，"采取《诗》《书》所载贤妃贞妇，兴国显家

可法则，及孽嬖乱亡者，序次为《列女传》"。

这本书对后世影响极大，口口相传至今。书中歌颂了一些妇女的嘉言懿行，我们熟知的"孟母三迁"就出自这本书，当然也批判了一些人，如宣姜，她名列《孽嬖传》，卫国"五世不宁，乱由姜起"。

"孽嬖"是什么意思呢？"孽，庶也；嬖，爱也。"简单点说，就是宠妾的意思。这是她的身份地位，单单是受宠的妃子、美丽的"花瓶"，君主驾到，锦绣皇城，伏地姹紫嫣红、莺莺燕燕一片，其实没有什么，不足以让史学家为其写传。

能够被称之为"孽嬖"，都是那些淫妒荧惑、背节弃义、指是为非、终致祸败的女人，换句话都是"文"能掩袖工馋，狐媚惑主，"武"能干涉朝政，左右时局。宣姜在《孽嬖传》中排名第四，她前面还有三位"师姐"夏桀妹喜、殷纣妲己、周幽褒姒。

宣姜的故事我们在《新台》中读了前半段，那主要从卫宣公淫乱的后宫生活开始讲的，在那首诗里似乎宣姜看起来甚至有些无辜，那这首诗以及后面的《君子偕老》就是宣姜的"主场"了，也是一路开了挂的"荒唐"。

《新台》中我们讲到，宣姜和卫宣公为了害死夷姜的儿子公子伋，也将自己的儿子公子寿害死了。这场人伦惨剧，发生后没多久，卫宣公就死掉了，他和宣姜另一个儿子公子朔即位，也就是卫惠公。

按照母凭子贵的说法，宣姜终于成了卫国最尊贵的女人，也算是可以高枕无忧地享受后宫安乐的生活了。可是哪有那么便宜的事呢？"不是不报，时候未到"，她的那个不成器的儿子，治国理政水平了了，民生怨愤，为公子伋打抱不平者甚多，后来左公子泄、右公子职和大夫宁跪联合起来将其撵下了宝座。

"落架的凤凰不如鸡"，卫惠公无处可去，只能跑到宣姜的老家齐国，投奔自己的舅舅齐襄公。左右公子又立公子伋同母弟弟黔牟为君，那宣姜该怎么处置？按照规矩应该贬为庶人，赶回老家。

可当时齐国国势强盛，卫国势单力薄，宣姜是齐国国君的亲妹妹，"打狗还得看主人"呢！齐国是卫国得罪不起的。但是不能让她住在皇宫里了，只好将其请出宫外，另外建造一座豪宅居住，"太后"待遇不变。

卫国人以为自己做得够好了，可齐襄公却还不满意，他本来想要扶持自己的外甥夺回王位的，这样在诸侯争霸中，他又多了一份助力。可他当时却不敢轻举妄动。那时候他正在向周王室求婚，卫国新国君黔牟和周王室关系甚好，他怕得罪了黔牟，令其心生怨恨，再把自己的婚事给搅黄了，就不划算了。

于是，"次要矛盾"让位于"主要矛盾"，他对黔牟表面以礼待之，和颜悦色，可自己的外甥、自己的妹妹被撵走，他心里那口"恶气"没有地方发泄，气不顺，差点就郁闷坏了。他的臣子便给他出了一个令人匪夷所思的主意。

黔牟有一个同母弟弟，公子舒，也叫昭伯。齐襄公就让宣姜嫁给公子舒，后母嫁给儿子，这样既能保全自己妹妹，不被害死，不用年纪轻轻当寡妇，又能羞辱黔牟泄愤，最重要的是能够再结齐、卫之盟。

这也是《墙有茨》中"不可道""不可详""不可读"的故事。

在齐襄公眼中，乱伦就乱伦吧，为了国家利益，万事皆可为，毕竟国家利益高于一切。

这个宣姜也是"好样的"，极品"妖孽"，美艳不可方物。

她先是定亲要嫁给儿子公子伋的，却被"老子"卫宣公抢了去，修筑新台，和"老子"生了一对儿子，公子寿

和公子朔，人们常说"虎毒不食子"，可她偏不，害死了
自己亲儿子公子寿。

卫宣公死后，她守寡不久，又嫁给了自己的儿子。
两个人还很恩爱，生了五个孩子，三个儿子，两个女儿，
其中有一位许穆夫人，是我国第一位女诗人，据说《邶
风·泉水》《鄘风·载驰》都是她的作品。

我读史书，每每看到宣姜的故事，总会想这得是多
么千娇百媚的一个女人，她的美不是冰清玉洁、气质若兰
的，而是与欲相连的。《水浒传》中描写潘巧云的话，有
一段特别香艳，用来形容宣姜的那种美特别合适：

黑鬒鬒鬓儿，细弯弯眉儿，光溜溜眼儿，香喷喷口
儿，直隆隆鼻儿，红乳乳腮儿，粉莹莹脸儿，轻袅袅身
儿，玉纤纤手儿，一捻捻腰儿，软脓脓肚儿，翘尖尖脚
儿，花蔟蔟鞋儿……

《墙有茨》讲的是"中冓之羞"，讲的是宫廷秽闻。
就像墙上的"茨"，这种三角形的蒺藜，蔓生细叶，古人
种在墙上防盗贼，就像后来插上的玻璃或者铁片，墙上的
蒺藜要扫去，会扎手，宫廷的阴私之事，不可谈论，不是

不敢，是因为太丑陋了，遗臭万年。

话又说回来，一个女人，先后嫁给了父子三人，还尽得他们的恩宠，给他们生了七个孩子，其中有三个诸侯，两个诸侯夫人，从某种意义上说，宣姜也是"奇女子"，真是够"奇葩"的，卫国也真是够乱的。

有道是，"积善之家，必有余庆，积不善之家，必有余殃"。所以，后面卫国衰落，也是必然的。

王化出自闺门　家利始于女贞

　　君子偕老[1]，副笄六珈[2]。委委佗佗，如山如河，象服是宜[3]。子之不淑，云如之何[4]！

　　玼兮玼兮，其之翟也[5]。鬒发如云，不屑髢也[6]。玉之瑱也，象之揥也，扬且之皙也[7]。胡然而[8]天也？胡然而帝也？

　　瑳兮瑳兮，其之展[9]也。蒙彼绉絺，是绁袢也[10]。子之清扬，扬且之颜也[11]。展如之人兮，邦之媛也[12]。

　　　　　　　　　　——出自《诗经·鄘风·君子偕老》

注解

1. 君子：指卫宣公。偕老：本来指的是夫妻相亲相爱、白头到老，这里诗人用它代指君子的妻，即宣姜。

2. 副：妇人的一种首饰。笄（jī）：簪。六珈（jiā）：笄饰，用玉做成，垂珠有六颗，汉代称为"步摇"。

3. 委委佗佗（wēi wēi tuó tuó），如山如河：一说举止雍容华贵、落落大方，像山一样稳重，似河一样深沉。一说体态轻盈、步履袅娜，如山一般蜿蜒，同河一般曲折。佗同"蛇""迤"，或音tuó。象服：是镶有珠宝绘有花纹的礼服，《孔疏》："象鸟羽而画之，故谓之象服也。"又曰皇后之服。宜：合身。

4. 子：指宣姜。淑：善。云：句首发语词。如之何：奈之何。

5. 玼（cǐ）：花纹绚烂。翟（dí）：绣着翟鸟彩羽的象服翟衣，朱熹《诗集传》："翟衣，祭服。刻绘为翟雉之形而彩画之以为饰也。"

6. 鬒（zhěn）：黑发。髢（dí）：假发。

7. 瑱（tiàn）：冠冕上垂在两耳旁的玉。象：象牙。揥（tì）：剃发针，发钗一类的首饰。一说可用于搔头。扬：形容脸色之美。且：助词，无实义。皙（xī）：白净。

8. 胡：何，怎么。然：这样。而：如、象。

9. 瑳（cuō）：玉色鲜明洁白。展：古代后妃或命妇的一种礼服，或曰古代夏天穿的一种纱衣。

10. 绉（zhòu）：丝织物类名，质地较薄，表面呈绉缩现象。絺（chī）：细葛布。绁袢：夏天穿的亵衣、内衣，白色。

11. 清：指眼神清秀。扬：指眉宇宽广。颜：额，引申为面容、脸色。

12. 展：诚，的确，乃，可。媛（yuàn）：美女，姚际恒《诗经通论》："邦之媛，犹后世言国色。"

译文

贵族老婆真显赫，玉簪步摇珠颗颗。姿态从容又自得，静如高山动似河，穿上礼服很适合。可是行为太丑恶，对她真是无奈何！

文采翟衣真鲜艳，画羽礼服耀人眼。黑发密密像乌云，不用假发更天然。美玉充耳垂两边，象牙簪子插发间，俊俏白皙好脸面。仿佛尘世出天仙？恍如帝女到人间？

文采展衣真艳丽，轻薄细纱会客衣。罩上绉罗如蝉翼，透明内衣世所稀。看她眉目多清秀，看她容颜多美丽。但是如此盛装女，天香国色差淑仪。

这又是一首讲宣姜的诗。

一个有如此德行操守的女子为何会在《诗经》一再出

现？要回答这个问题，得先重申女性的重要性。

我们常说："一个成功男人的背后，必然有一个伟大的女人"，这个伟大的女人就是俗称的"贤内助"，在人们心目中，一个持家贤惠、恭俭温良的女人，将会助益于男人的事业。

在古代，也有一句类似的话，"闺阃乃圣贤所出之地，母教为天下太平之源"。"阃"，指的是"门槛"，闺阃就是指女子居住的地方。今日之人女，明日则为人母，一个好母亲，幸福三代人，而千千万万的好母亲，将培养出无数的贤能之才，报效天下苍生。

所谓"王化出自闺门，家利始于女贞"，说的就是此意。

《君子偕老》的主人公，宣姜不是一个有德行的好女人，但是诗人为什么要反复渲染宣姜服饰之华丽、容貌之美艳？"鬒发如云，不屑髢也。玉之瑱也，象之揥也，扬且之皙也"，她乌发如云，肤白胜雪，佳丽美艳，仪态万千，委委佗佗，有山凝然而重，如河渊然而深，她容貌姿态之美，"胡然而天也？胡然而帝也？"就像是如同尘世飞来的天仙，宛如帝女降临人间。

我们常常会有一种错觉，认为貌美必然心慈，"颜值担当"必然也是"德行担当"，但想到宣姜狗血奇葩的人生经历，再对照诗中对其美貌的描写，我们就不难发现，什么叫"金玉其外，败絮其中"，也能明白为何诗所说宣姜"子之不淑"。

这首诗是一种讽刺，是一本反面教材，它在《诗经》中存在的意义在于对女子的警示和教育。

一个女子真正的美，不仅仅是姿容秀丽，还要贞静，有羞耻心，要有高洁的品德。"女子有德，则天下安"，这不仅关乎小家，还关乎国家。正如魏徵在《群书治要》的序言中讲："或倾城哲妇，亡国艳妻，候晨鸡以先鸣，待举烽而后笑者，时有所存，以备劝戒。"

一个人性格、德行的养成，是会受到环境影响的，就是我们常说的"家风"。家风纯正，雨润万物，家风一破，污秽尽来，宣姜之所以成为宣姜，也受到家风影响。

宣姜有个妹妹文姜，生得秋水为神，芙蓉如面，比花花解语，比玉玉生香，也是风华绝代的美女。可文姜的德行操守和宣姜是"半斤八两"，甚至"胜过"姐姐。文姜与自己的异母血亲哥哥齐襄公乱伦，"郎骑竹马来，绕床弄青梅"，还整死自己的丈夫鲁桓公。齐襄公何方人也？
他是齐僖公长子，名诸儿，历史上大名鼎鼎的春秋五霸之
首齐桓公的异母兄弟。

齐国王室如此败坏的家风，导致国风也很是不堪。后
世人作诗讽刺宣姜、文姜，曰：

> 妖艳春秋首二姜，致令齐国紊纲常。
> 天生尤物殃人国，不及无盐佐伯王。

不过，从某种意义上说，宣姜比文姜要稍好一点。虽
然她一女侍父子三人、"中冓之羞"的故事也被人们嚼了
三千年的舌根，但在她扭曲的人生道路的开始，她是被动
的，是被强取豪夺的。

如果她美得不那么出挑，不那么引人注目，便不会
被卫宣公觊觎垂涎，如果她在十五岁及笄之年顺利嫁给了
卫国公子伋，虽然不一定史书留痕，但郎情妾意，未尝不
是一种幸福。只可惜，芙蓉不及美人妆，水殿风来珠翠
香，她太美了，媚眼含羞合，丹唇逐笑开，上天赐予了她
倾国倾城之容貌，也注定剥夺了她享受平凡之岁月静好的
可能。

　　饶是如此，宣姜虽贵为齐国公主，有着艳若桃李的美貌，却从小对后宫秽闻耳濡目染，本有"燕婉之求"，却碰上了不善的篡篡，成了卫国国母后，始终是"德不配位"，行为不检点，在不伦恋的泥潭中越陷越深，令国人不齿。

　　中国自古而来就有"男主外女主内"的传统，女性往往对良好家风的养成起到很大的作用。一个称职的妻子、母亲，要提高道德修养。"一家仁，一国兴仁；一家让，一国兴让"，在一个家庭里营造好的风气，才能有贤夫孝子，也能慢慢润化兴盛社会道德，带来淳朴的民风，这是一个正能量环环相扣的传递过程。

和慕清一起读诗经

诗经

九月篇

SEPTEMBER

玉在山而草木润　渊生珠而崖不枯

瞻彼淇奥[1]，绿竹猗猗[2]。有匪[3]君子，如切如磋，如琢如磨[4]。瑟兮僴兮，赫兮咺兮。有匪君子，终不可谖兮。

瞻彼淇奥，绿竹青青。有匪君子，充耳琇莹[5]，会弁[6]如星。瑟兮僴[7]兮，赫兮咺[8]兮。有匪君子，终不可谖[9]兮。

瞻彼淇奥，绿竹如箦[10]。有匪君子，如金如锡[11]，如圭如璧[12]。

宽兮绰[13]兮，猗重较兮[14]。善戏谑[15]兮，不为虐[16]兮。

——出自《诗经·卫风·淇奥》

注解

1. 淇：淇水，源出河南林县，东经淇县流入卫河。奥（yù）：水边弯曲的地方。

2. 绿竹：一说绿为王刍，竹为扁蓄。猗猗：长而美貌。陈奂《毛诗传疏》："诗以绿竹之美盛，喻武公之质美德盛。"

3．匪：通"斐"，有文采貌。

4．切、磋、琢、磨：治骨曰切，象曰磋，玉曰琢，石曰磨。均指文采好，有修养。切磋，本义是加工玉石骨器，引申为讨论研究学问；琢磨，本义是玉石骨器的精细加工，引申为学问道德上钻研深究。

5．充耳：挂在冠冕两旁的饰物，下垂至耳，一般用玉石制成。琇（xiù）莹：似玉的美石，宝石。

6．会弁（biàn）：鹿皮帽。会，鹿皮会合处，缀宝石如星。

7．瑟：仪容庄重。僴（xiàn）：神态威严。

8．赫：显赫。咺（xuān）：有威仪貌。

9．谖（xuān）：忘记。

10．箦（zé）："积"的假借，堆积。

11．金、锡：黄金和锡，一说铜和锡。闻一多《风诗类钞》主张为铜和锡，还说："古人铸器的青铜，便是铜与锡的合金，所以二者极被他们重视，而且每每连称。"

12．圭、璧：圭，玉制礼器，上尖下方，在举行隆重仪式时使用；璧，玉制礼器，正圆形，中有小孔，也是贵族朝会或祭祀时使用。圭与璧制作精细，显示佩带者身份、品德高雅。

13. 绰：旷达。一说柔和貌。

14. 猗（yǐ）：通"倚"。较：古时车厢两旁作扶手的曲木或铜钩。重（chóng）较，车厢上有两重横木的车子。为古代卿士所乘。

15. 戏谑：开玩笑。

16. 虐：粗暴。

译文

河湾头淇水流过，看绿竹多么婀娜。美君子文采风流，似象牙经过切磋，似美玉经过琢磨。你看他庄严威武，你看他光明磊落。美君子文采风流，常记住永不泯没。

河湾头淇水流清，看绿竹一片菁菁。美君子文采风流，充耳垂宝石晶莹，帽上玉亮如明星。你看他威武庄严，你看他磊落光明。美君子文采风流，我永远牢记心间。

河湾头淇水流急，看绿竹层层密密。美君子文采风流，论才学精如金锡，论德行洁如圭璧。你看他宽厚温柔，你看他登车凭倚。爱谈笑说话风趣，不刻薄待人平易。

这是一首歌颂君子的诗。

分三章，从君子的德行，"如切如磋，如琢如磨"，讲到了君子的外表，"充耳琇莹，会弁如星"，再讲到了君子的待人接物平易近人，虚怀若谷，其言谈举止"善戏谑兮，不为虐兮"。

这首诗的人物描写值得仔细研究，歌颂君子，没有半点陈腐，也没有溜须拍马之嫌，不落窠臼，生动自然。

据统计，"君子"在《诗经》中出现一百八十二次，涉及六十一篇诗。其中"国风"二十篇，出现五十二次"君子"。那么在《诗经》时代何为君子？和我们今天意义上的"君子"有何不同？

现在我们提到"君子"，指的往往是那些具有绅士品格的谦谦君子，他们为人积极认真，待人接物礼貌周全，而且相貌堂堂，他们所处的社会阶层、所从事的职业也有很大的不同，各行各业都有。

总之，今天的"君子"含义，不局限于贵族家庭，有修养的平凡人、凡夫俗子，亦有君子之风雅气度。

不过，如果从词源追溯，就会发现，在上古时代，

"君"为"群"之假借，"子"是尊称，比如，我们称呼孔子、孟子、老子、荀子等，"君子"原意是"群子"，是对当时贵族统治者的一种身份称谓，在《诗经》中提到的这一百八十二次"君子"，分别指的是周王、诸侯、大夫、贤者四种人。

在当时，人们社会阶层的跃升渠道是不畅通的，当时的选官制度是"世袭世禄制度"，这就意味着，将相王侯是有"种"的，你的祖辈做什么官，后代就会因袭，公侯伯子男的孩子依旧是公侯伯子男，平民、奴隶的还是照旧要给人跑腿，受人压榨。

因此，平民不是君子，君子多是贵族。

"君子"含义的逐渐变化，是从孔子开始的，那时候儒家文化渐渐兴起，对人在道德、礼教等方面产生影响，"君子"也就慢慢成了那些气质儒雅、品格高尚之人的美称。

今天说起君子，我们总是会想到很多意向、事物来形容他们高贵的品质，比如玉喻君子，我们会说，"言念君子，温其如玉"，或者是温润如玉，甚至描写女子可爱又美丽，我们会说，"粉雕玉琢""玉洁冰清""小家碧玉"，甚至有些美女的名字，就叫作"如玉"。

玉在山而草木润，渊生珠而崖不枯。在周代的时候，玉被赋予了道德内涵，也成了周代君子的首选配饰，"君子无故，玉不去身"也。

《礼记·聘义》中记载孔子之言：

昔者君子比德于玉焉。温润而泽，仁也。慎密以栗，知也。廉而不刿，义也。垂之如坠，礼也。叩之其声，清越以长，其终诎然，乐也。瑕不掩瑜，瑜不掩瑕，忠也。孚尹旁达，信也。气如白虹，天也。精神见于山川，地也。圭璋特达，德也。天下莫不贵者，道也。

《淇奥》讲的是君子的德行，"如切如磋，如琢如磨"，玉本来就是一种石头，坚韧润泽，凝集山川河山的灵气，但是"玉不琢不成器"，因此需要细细打磨才能展现出玉石之美，就如君子一样，需要历经磨炼，雕琢打磨，方能成就一番事业。

就比如，诗中的主人公。

谈到君子，还会让人想起梅兰竹菊，特别是竹。

所以，本诗以"竹"起兴，古代文人喜欢在房前屋后种一片竹子，"玉壶买春，赏雨茅屋。坐中佳士，左右修竹"，这种意境，沉静雅致，淡泊明志，令人心驰神往。

想象着深夜时分，月光浮动，竹径通幽处，禅房花木深，捧一杯茶，读一卷书，总会令人感受到清雅喜乐，诗心萌生；又或者是傍晚时分，西窗下，风摇翠竹，荷送香气，野泉声声入砚池，也会让人想起远方的朋友，君子之交，点点滴滴，浮上心头。

所以，才有君子竹，君子和修竹，相看两无厌。

所以，东坡先生曰"宁可食无肉，不可居无竹。无肉令人瘦，无竹令人俗"。

古往今来，很多人说这首诗是说卫武公的，他是一位如玉如竹的谦谦君子。

釐侯十三年，周厉王出奔于彘，共和行政焉。二十八年，周宣王立。

四十二年，釐侯卒，太子共伯馀立为君。共伯弟和有宠於釐侯，多予之赂；和以其赂赂士，以袭攻共伯於墓上，共伯入釐侯羡自杀。卫人因葬之釐侯旁，谥曰共伯，而立和为卫侯，是为武公。

武公即位，修康叔之政，百姓和集。四十二年，犬戎杀周幽王，武公将兵往佐周平戎，甚有功，周平王命武公为公。五十五年，卒，子庄公扬立。

那卫国处在丰腴之地，本应该是各诸侯国中的强者，但历代君主大都荒庸腐化，导致国家积贫积弱。不过，卫武公是个例外。

他是一代中兴之君，如果不去想他与哥哥共伯的王位之争的话，只看他主政的五十五年，政绩卓著，修康叔之政，谦恭谨慎，广纳众议，礼贤下士，在他呕心沥血下，卫国政通人和，国力日盛。

他就如黑暗里北极星般闪亮耀眼。对于老百姓来说，日子过得好了，不再颠沛流离，便感恩戴德，对他十分尊敬和崇拜，所以要歌以咏之，颂扬他的高风大德，所以才有了这首《淇奥》，记载了这位风流人物，传之后世。

我愿天公怜赤子　莫生尤物为疮痏

鹑之奔奔，鹊之彊彊[1]。人之无良[2]，我以为兄[3]。

鹊之彊彊，鹑之奔奔。人之无良，我以为君[4]。

——出自《诗经·鄘风·鹑之奔奔》

注解

1. 鹑：鸟名，即鹌鹑。奔奔：跳跃奔走。鹊：喜鹊。彊彊：翩翩飞翔。奔奔、彊彊，都是形容鹑鹊居有常匹，飞则相随的样子。

2. 无良：不善。

3. 我："何"之借字，古音我、何相通。一说为人称代词。兄：泛指长辈，不作兄弟的"兄"解。奴隶制、封建制社会都以嫡长传位，所以诗中以人兄代指人君，

4. 君：指君主。

译文

鹌鹑双双共栖止，喜鹊对对齐飞翔。那人腐化又无耻，我竟尊他作长辈。

喜鹊双双齐歌唱，鹌鹑对对共跳奔。那人腐化又无耻，我竟尊他为国君。

读这首诗，要联系前面我们读过的《新台》《墙有茨》《君子偕老》，这是一首人民讽刺、责骂卫国君主的诗。

诗人看到鹌鹑、喜鹊都有自己固定的伴侣，联想到卫国国君们自己过着荒淫无道，甚至乱伦的生活，政治上不清明，腐败无能，导致老百姓生活凄惨，心头愤怒不已，责骂他们不是个好东西，连禽兽都不如，"人之无良，我以为君"，根本不配身居庙堂，不配做君上。

历史上，有人说这首诗是卫惠公写的，他在卫宣公死后看到自己后母宣姜和自己兄弟苟且生子，故作诗歌讽之。不过，现在很多专家研究指出，这是一首民歌，是女子斥责男人，本以为他是谦谦君子，却发现他竟是衣冠禽兽，故作诗讽之。

卫国给我的感觉就是两个词"出格""荒唐"，这里面有几个奇葩人物，一个是卫宣公，一个是宣姜，在读《鹑之奔奔》时，我还想到另一个人物卫懿公。

卫懿公，不是"鹑之奔奔"，"鹊之疆疆"，不是鹑鹑对对配、喜鹊双双飞，他是鹤之奔奔，鹤之疆疆。

卫懿公是谁呢？他是卫惠公之子。卫惠公是谁呢？他就是卫宣公和宣姜之子。公子伋死后，卫宣公一命呜呼，卫惠公继承大统，不过臣民不服，他被撵到了宣姜的老家齐国，卫人推举黔牟为君。当时齐国襄公正忙着要向周王室求婚，撮合宣姜和公子昭伯成亲。一直到八年后，齐襄公才决定扶持自己的外甥卫惠公杀回卫国。

卫惠公复辟了，成功了，也耗尽了半生的精力，没过几年，也"鞠躬尽瘁"了。当然，这期间，他没有闲着，有人说，他回到卫国，看到自己的亲娘和弟弟苟且，眼见心烦，愤懑不已，故而作《鹑之奔奔》。

卫惠公死后，他的儿子卫懿公继位，前面我们说"家风"，家风一破，污秽尽来，这时卫国迎来了最玩物丧志的君王，卫懿公喜欢养鹤，而且是极度喜欢，用我们现在人的话讲，叫作"鹤控"。

这也很变态，他的爷爷卫宣公宫中美女如云，三千佳丽，他的后宫是美鹤如云，三千佳鹤，鹤之奔奔，鹤之疆疆。"上有所好，下必甚之"，这和"楚王爱细腰，宫女多饿死"的道理差不多。卫懿公好鹤，疯狂买鹤，他的臣属投其所好，不断"选贤任能"，挑选各种姿态优美、个性独特的鹤进献到宫里。

史书记载，"卫懿公好鹤，鹤有乘轩者"，卫懿公还怕鹤受到委屈，很体贴，有时，飞得太累了，就赐给它们轿辇。瞧！鹤居然是有"公车"的。卫懿公还给它们封官，有鹤大夫等等，不同等级的鹤有不同等级的饮食待遇、保卫待遇。

卫懿公一门心思养鹤，完全不顾百姓死活，据《左传》和《说苑·杂事》记载，后来狄人来征讨卫国，无人愿意迎战，讽刺他说，"使鹤，鹤实有禄位，余焉能战！"于是，卫懿公偕同鹤将军御驾亲征，浩浩荡荡，大败而亡。

看了这么多故事，卫国国君如此荒唐，百姓又岂能不恨呢？无论是什么人，都要像个样子，卫国君不像君，臣不像臣，民生凋敝，自然民怨沸腾，所以《诗经》中才有这么多篇章记载。

"我愿天公怜赤子，莫生尤物为疮痏"，面对民生凄苦，苏轼如是说，也是我读此诗之心声。

愿在衣而为领　承华首之余芳

　　爰采唐矣？沫之乡矣[1]。云谁之思？美孟姜[2]矣。期我乎桑中，要我乎上宫，送我乎淇之上[3]矣。

　　爰采麦矣？沫之北矣。云谁之思？美孟弋[4]矣。期我乎桑中，要我乎上宫，送我乎淇之上矣。

　　爰采葑[5]矣？沫之东[6]矣。云谁之思？美孟庸[7]矣。期我乎桑中，要我乎上宫，送我乎淇之上矣。

—— 出自《诗经·鄘风·桑中》

注释

1. 爰：于何，在哪里。唐：植物名。即菟丝子，寄生蔓草，秋初开小花，子实入药。一说当读为"棠"，梨的一种。沫：卫都朝歌，商代称妹邦、牧野，在今河南淇县北。乡：郊外。

2. 谁之思：思念的是谁。孟：老大。孟姜：姜家的大姑娘。姜、弋、庸，皆贵族姓。

3．桑中：地名，一说桑林中。要：邀约。上宫：楼也，指宫室。一说地名。淇：淇水，就是指淇水口。

4．弋（yì）：姓。

5．葑：蔓菁菜。

6．沬之东：即古鄘地，鄘在沬东。

7．庸：姓。古与"鄘"通。方玉润《诗经原始》引傅氏曰："孟庸，当是鄘国之姓，鄘为卫所灭，其后有仕于卫者。"

译文

  采摘女萝在何方？就在卫国沬邑乡。思念之人又是谁？美丽动人是孟姜。约我来到桑林中，邀我欢会祠庙上，送我告别淇水旁。

  采摘麦子在哪里？就在沬邑北边地。思念之人又是谁？美丽动人是孟弋。约我来到桑林中，邀我欢会祠庙上，送我告别淇水旁。

  采摘芜菁哪边垄？就在卫国沬邑东。思念之人又是谁？美丽动人是孟庸。约我来到桑林中，邀我欢会祠庙上，送我告别淇水旁。

这首诗，是用男人的视角来写男女之间的幽期密约。

如果换一种读法，从每一章的后面往前读，会发现三次约会场景的转换，犹如蒙太奇一般，很有意思。三章皆以"期我乎桑中，要我乎上宫，送我乎淇之上矣"作结。

燕草蔓蔓的仲春，天色湛蓝，一望无垠的原野上，草色青青，柔桑翠绿，花开烂漫迷人眼，风起时，鸟鸣啾啾，花香满怀，不胜美矣。

峰峦叠翠，是山美；绿波荡漾，是水美；浅白深红，红杏依云，是花美；秦桑低绿枝，其叶沃若，是桑树美，甚至连山间的庙宇、盘桓的小路，在树林荫翳间，都透着幽静的美。

这时，玉面少年郎骑马而来。

他眸中的女子也是美的，头戴珍珠簪，耳垂明月珰，腰佩翠琅玕，罗衣飘飘，轻裾随风。他们在茂密的桑叶间耳鬓厮磨，在庙宇楼台处闲庭信步，这情谊浓得化不开，淇水汤汤处，他们难舍难分。

真真是莫道相思了无益，人生只有情难死。

好一派自然风光，好一对佳偶天成，愿得一人心，白首不相离，是不是？可偏偏上一句，"云谁之思？"思念的是"美孟姜矣""美孟弋矣""美孟庸矣"。

听起来，这个少年郎的幽会对象，不是一人，不是一生一世一双人，而是一生一世三个人，孟姜、孟弋和孟庸。"姜""弋""庸"是贵族姓氏，"孟"说的是姑娘在娘家的排行顺序是居前的。这个男子"脚踩三只船"，似乎是个渣男。

这首诗是以男人的视角来写的，在他的口吻中，好像是约会的三个女人在"期我""要我""送我"，她们奔放而主动地"贴"上来，似乎并不是什么矜持淑女，这男子与孟姜在桑林间苟苟且且，与孟弋在庙宇楼台里耳鬓厮磨，与孟庸在江水浩渺处挥手告别。

从后往前读，美好的相约相守，似乎有些变了。

古代，男子贪色为"淫"，女子私就男人为"奔"，读《桑中》每章节的这两句，联想到卫国统治者的宫廷秽闻，似乎是从"中冓之羞"到了男女"淫奔"，是"上梁不正下梁歪"。

所以，很多道学家说，"卫郑声淫"，而"桑间濮上"自然就成了男女私奔的代名词。

郭沫若《蔡文姬》第四幕第三场，就有这样一句话，"我弹的不是靡靡之音，我唱的也不是桑间濮上之辞"。

但真的是这样的吗？

要知道，春秋以前，人们强调的是音乐为政治服务，认为音乐会对国家的兴衰更迭产生影响，那时制乐是一种国家权力行为。黄钟大吕，气势庄严，可以教化人心，统治者希望借此来达到尊卑有序、远近和合的目的。

那时候，音律是有严格规定的。

就拿"宫""商""角""徵""羽"来说，不仅是中国古乐的五个基本音阶，而且这每个音阶还有不同的身份属性，按照《乐记》中记载："宫为君，商为臣，角为民，徵为事，羽为物。"

到了春秋时期，礼乐从庙堂流传到民间，王室独占音乐的局面一去不复返，但是那时候百姓生活水平低，没有金、丝等乐器，更别提成套的编钟，可有对音乐的渴望。于是百姓就敲着盆、罐子等来演奏。这种带着浓厚生活气息的、活泼的表达方式，遭到了一些恪守周礼士大夫的反对，称之为"礼崩乐坏"。

伴随礼乐大权旁落而来的，是"采诗观风"的兴盛。不同国风，有不同的特点，就像"二南""邶风""鄘风"，每个篇章字里行间都有着不同地域的文化、民风等方面的差异，比如"二南"中正则雅，而"卫风"和"郑声"节奏明快短促，无所顾忌，嬉笑怒骂，就被当成淫靡放纵的代表。

这个时候，雅俗文化是泾渭分明的。

"桑间濮上"，这个我们熟知的成语，是世俗的，登不得大雅之堂，被当成了"亡国之音"，为什么呢？

这源于《礼记·乐记》。

"桑间、濮上之音，亡国之音也。"

"濮水之上，地有桑间者，亡国之音於此之水出也。昔殷纣使师延作靡靡之乐，已而自沉於濮水，后师涓过焉，夜闻而写之，为晋平公鼓之。"（郑玄注）

这句话讲的是，亡国之音，来自濮水北面一个叫做桑间的地方。传说在殷商末年，纣王不仅纵情色，还纵情于"声"，也就是音乐。

当时有一个叫做师延的乐师，是中华第一位乐神宗族。他精通阴阳，晓明象纬，能奏清商流涤角之音，迷魂淫魄之曲。他给纣王作了靡靡之音，纣王听后，入了迷，通宵达旦、不知疲倦地听，以至于心神颠倒，再也不问朝政。

后来，周武王伐纣，师延抱琴投濮水之中，溺毙。

又过了很久，师涓从桑间经过，濮水微澜，靡靡之音响起，他就记录了下来，演奏给晋平公。晋平公听后，也被迷了心智，从来不问政事，致使大权旁落至六卿，"晋国大旱，赤地三年，平公之身遂癃病"，这为三家分晋、春秋终结埋下了伏笔，所以才有"亡国之音"的说法。

这些故事听起来过于耸人听闻了，纯粹属于无稽之谈。

但是，这种强调音乐将影响到国运兴衰的理论，一直延续了两千多年，至今在文宣领域依然有它的影子。

其实，如果你查看当时的地图，会发现一些濮水有靡靡之音的线索，卫国的区位、所处的环境对其在音乐上的发展，产生了一定的作用。

它身处中原，强敌环伺，在齐、晋、楚的缝隙中求得一丝生存的空间，几代君主皆是腐败无能之辈，"二子乘舟"，人才流失严重，积贫积弱。也正是因为国力不济，所以，与一些强国相比，卫国对文化的钳制力量相对弱一些，才能有"卫之新声"这种通俗流行音乐的生长土壤。

而卫国境内河网密布，土地肥沃，濮水两岸，桑蚕业发达，桑树茂密，所以"卫之新声"，又被称为"桑间濮上"之音。

更不用说，当时人们对"卫之新声"的热情，已经超过雅乐，"下里巴人"的受欢迎程度，胜过了"阳春白雪"，更胜过了"引商刻羽，杂以流徵"。这一点也很有现实启迪意义，现在很多青少年追捧韩剧、美剧，但读四书五经者却不多。因为这种通俗文化，更具有烟火气息，能唱出他们的心声，也让他们更有亲近感。

《桑中》就是这样一首流行歌曲。

"桑间濮上"，讲的应该是春来花开满枝，濮水之畔，桑林郁郁葱葱，男女在林翳下幽会，唱歌跳舞，谈情说爱，自由快活。无奈的是，民间传说的无稽之谈，给它泼了太多的脏水，以至于人们谈到"期我乎桑中，要我乎上宫，送我乎淇之上矣"时，总会将其与淫奔相联系，这有些太牵强了。

窃以为，《桑中》讲的不是一个男子与三个女子的故事，而是记录了古代相亲大会的场景。

先秦时代，地广人稀，开枝散叶，绵延后嗣，不仅是君王一脉需要代继有人，普通人的婚姻嫁娶也关乎江山传承的国之大事。他们注重人丁繁衍，讲究"男子三十而娶，女子二十而嫁"，故而西周时专门设置了一个机关专门掌管婚姻事务——媒氏，"掌万民之判"，这里"判"的意思是男女匹配。

这个机关和现在的民政局不一样，民政局只负责给恋人一纸结婚证，找对象还得自己努力，而媒氏还得在每年春暖花开时，辛辛苦苦给当时的大龄青年男女张罗相亲大会，给寡妇鳏夫重新组织家庭。

《周礼》记载媒氏的职责云："中春之月，令会男女。于是时也，奔者不禁。若无故而不用令者，罚之。司男女之无夫家者而会之。"

在古代文献记载中，卫国的桑林、楚国的云梦等地，都是举行仲春之会的地点。

《桑中》就是这样一首写古代相亲大会的流行歌曲，表面写的是一对对男女的幽期密约，实则表达了人类对子孙代代承继、江河万年的愿望。

因此，决不能简单地将此诗斥之为"淫乱"。

和慕清一起读诗经

十月篇

OCTOBER

花谢花飞花满天　红消香断有谁怜

摽有[1]梅，其实七[2]兮。求我庶士[3]，迨其吉兮[4]。

摽有梅，其实三兮。求我庶士，迨其今[5]兮。

摽有梅，顷筐塈之[6]。求我庶士，迨其谓[7]之。

——出自《诗经·召南·摽有梅》

注解

1. 摽（biào）：一说坠落，一说掷、抛。有：语助词，词头。

2. 七：一说非实数，古人以七到十表示多，三以下表示少。或七成，即树上未落的梅子还有七成。

3. 庶：众多。士：未婚男子。

4. 迨（dài）：及，趁。吉：好日子。

5. 今：现在。

6. 顷筐：斜口浅筐，犹今之簸箕。塈（xì）：一说取，一说给。

7. 谓：一说聚会；一说开口说话；一说归，嫁。《周礼·媒氏》中有仲春之月会男女的规定，凡男到三十岁未娶妻，女到二十未有嫁人，都可以趁此机会选择对象，不必举行正式婚礼，即可同居。

译文

　　梅子落地纷纷，树上还留七成。有心求我的小伙子，请不要耽误良辰。

　　梅子落地纷纷，枝头只剩三成。有心求我的小伙子，到今儿切莫再等。

　　梅子纷纷落地，收拾要用簸箕。有心求我的小伙子，快开口莫再迟疑。

　　少时，看《牡丹亭》，张继青扮演的杜丽娘，莺啼婉转，水袖飘曳，咿咿呀呀地唱着，"锦屏人忒看得着韶光贱"。锦屏人指的是深闺女子，可为何说韶光"贱"呢？从来都是一寸光阴一寸金的，不是吗？光阴怎么会贱？我很不理解，长大后才懂这曲子中暗含的情愫。

　　岁月匆匆，刹那芳华，寻寻觅觅，却始终没有遇到如意郎君，每思至此，杜丽娘怎能不心内戚戚焉？

"韶光贱"，说的是怀人幽怨，盼的是似水流年里如花美眷。《摽有梅》，也是这样一首诗，诗中这位女子望见梅子落地，感慨弹指红颜老，希望马上有人上门求亲，能早日觅得好夫婿。

用我们现在的流行话语来说，这首诗描写的是大龄女青年的"恨嫁之情"。女儿悲，青春守空闺，诗中女子的怨与盼，还有思念，与当今一些婚嫁没着落的大龄女并无二致，《摽有梅》可以说是中国最早描写"恨嫁"的诗歌。

古往今来，描写男女情思的诗句，不胜枚举，红豆生南国，春来总是要发几枝，才子佳人的故事更是车载斗量。然而，这首《摽有梅》所体现的女子情思，却是格外的寂寞，格外的冷清，在《卷耳》《殷其靁》等《诗经》篇目中，无论相思是多么痛彻心扉，总是有个对象的。

可这首诗中的女子，相思树下说相思，思郎，恨郎，郎却不知，所谓"锦瑟无端五十弦，一弦一柱思华年"，她正值妙龄，却怀抱空空，怎能不徒生悲矣？

庄子说，"人生天地之间，若白驹过隙，忽然而已"，而青春就像是一把散碎银子，花着花着就没有了。很多时候，人们等到口袋空空时，才察觉并没有买到什么特别珍贵的东西，并没有遇到刻骨铭心旳爱情，所以感伤。

像是沈从文给张兆和的情书中所写的那样：

"我行过很多地方的桥，看过许多次数的云，喝过许多不同种类的酒，却只爱过一个正当最好年龄的人。"

这真的是人生幸事。倘若诗中的女子在合适的年纪遇到了合适的人，大抵就不会如此黯然叙幽情了。

《摽有梅》描写了这种青春的"伤逝"，成了春思求爱诗的源头。

诗人从花木盛衰荣枯，联想到红颜老去，感慨"逝者如斯夫，不舍昼夜"，字里行间透露出来的意思是未婚男女"有花堪折直须折，莫待花无空折枝"。

因为"梅"通"媒"。古人婚配讲究"父母之命，媒妁之言"。从梅子挂满枝头，绚烂至极，到随风坠地，由盛转衰，犹如男女之年齿也，故而诗人见梅起兴，摽有梅，等的是红娘牵线，媒人叩门，渴望的是凤冠霞帔，愿得一人心，白首不相离。

梅子生时春渐老，女子想嫁人的心思尤为急切，所以后人也常用"摽梅"来形容那些到了适婚年龄却没有许配人家的女子,而"摽梅之年"则指的是女子已经到了适嫁的年龄。

所以,龚自珍的长子龚橙说,"摽有梅,急婿也"。一个急字,抓住了全篇的情感基调,很有道理。

诗中所写待嫁女子的"急",是渐渐推进的。

先是"迨其吉兮",树上的梅子还有七成未落,女子也还姿容秀丽,尚有从容相待之意,所以她希望追求她的庶士能选择良辰吉日来迎娶她;然而又过了些许时日,愿意与她携手到老的男子还没有出现,而枝头的梅子已经不足三成,她的内心焦急起来,一句"迨其今兮"已饱含敦促之情;遗憾的是,等到梅子纷纷落下,"顷筐塈之",那个人还没有出现,所以她叹息,"迨其谓之",此时她渴望出嫁的心情,已可用迫不及待来形容了。

梅子作为古诗里常见的意象,曾落诸很多诗人的笔端,李白曾写道,"郎骑竹马来,绕床弄青梅",文征明也写道,"五月雨晴梅子肥,杏花吹尽燕飞飞",更别提"梅子黄时日日晴,小溪泛尽却山行"等写景状物的诗句了。

可读起来,似乎与这首诗有些许不同。《摽有梅》

中，诗人用梅子表达心意，除了用梅子飘落来刻画待嫁的急迫心情外，还有暗含希望人们珍惜青春韶华之意。毕竟盛年不再来，一日难再晨，诗人用自己为例，劝诫女子在如花似玉的青春年华里，要重视婚姻大事，凡事早做筹谋。

孟浩然曾作《送桓子之郢成礼》，曰：

闻君驰彩骑，蹙蹀指南荆。

为结潘杨好，言过鄢郢城。

摽梅诗有赠，羔雁礼将行。

今夜神仙女，应来感梦情。

这首《摽有梅》，我读了很多遍，每次读时，都会为诗中的女子心焦。真愿她和天下所有的待嫁女子都如孟诗所言，了却心事，早结潘杨之好，青春路上有人相伴，互相扶持，白头到老。

弱冠弄柔翰　卓荦观群书

芄兰之支[1]，童子佩觿[2]。虽则佩觿，能不我知[3]。容兮遂兮[4]，垂带悸[5]兮。

芄兰之叶，童子佩韘[6]。虽则佩韘，能不我甲[7]。容兮遂兮，垂带悸兮。

——出自《诗经·卫风·芄兰》

注解

1. 芄（wán）兰：亦名女青，荚实倒垂如锥形，草本植物，又名萝藦，俗名婆婆针线包，实如羊角。支：借作"枝"。

2. 觿（xī）：古代骨制的解绳结用具，头尖尾粗，形状像牛角，俗称角锥，也为成人佩饰。少年婚后也佩戴，象征成人。

3. 能：乃、而，一说宁、岂。知：智，一说"接"。

4. 容：容仪可观，形容成年贵族走路摇摆的架势。遂：

形容走路摇摆使佩玉摇动的样子。一说容指的是佩刀，刃钝不能割物，遂为佩玉。

5. 悸：带摆动貌。

6. 韘（shè）：抉拾，俗称扳指，古代射箭时套在右手大拇指上用来钩弦的工具，用玉或骨制作，一般为成人佩戴，已婚少年佩戴象征已经成人。

7. 甲：借作"狎"，亲昵。一说长也。

译文

芄兰荚实长在枝，有个童子已佩韘。虽然身上已佩韘，可他不解我是谁。他一本正经相啊，垂着腰带颤晃晃啊。

芄兰荚实连着叶，有个童子已戴扳指。虽然指上已戴扳指，不能与我再亲热。看他一本正经相啊，垂着腰带颤晃晃啊。

不知道你读完了这首诗，有什么感触？

我读这首诗，想起了芄兰公主，她是燕国最后一个君主姬喜的女儿。

当年，秦国攻燕，兵临易水，燕太子丹派"荆轲刺

秦"，结果"图穷匕首见"，临行时易水送别，"风萧萧
兮易水寒"，没想到壮士也是一去不复返。当时芄兰公主
心仪荆轲，闻此消息，殉情而去。太子丹逃亡，却被其父
抓住，斩首献给了秦王。

也是一个悲剧故事。

荆轲，来自卫国朝歌。这首《芄兰》虽不是写荆轲和
芄兰，但也出自卫地，似乎在冥冥之中，也有一些巧合。

这首诗，几千年来，一直有很多解说。《毛诗序》认
为是讽刺统治者不守礼法、骄横无知，我读来，觉得似乎
不是这样。

诗中有"芄兰之支，童子佩觿""芄兰之叶，童子
佩韘"之句，要理解此诗，须明白"觿""韘"二字的含
义。"觿"指的是用骨或者玉做的小锥，头尖尾粗，用于
解结，而芄兰生荚，支出于叶间，垂之正如解结锥，也就
是"觿"，本诗以此起兴。

《礼记·内则》中说："子事父母，鸡初鸣，咸盥
漱，栉縰笄总。拂髦冠緌缨，端韠绅，搢笏。左佩纷帨、
刀、小觿、金燧，右佩玦、捍、管、遰、大觿、木燧，
逼，屦着綦。"

这句话里有一个"栉縰笄总",指的是成年人,所以不管是左面佩戴的"小觿",还是右面佩戴的"大觿",都属于成人的配饰。

"韘",就是扳指,据说在商代就有了,是射手用来扣住弓弦射杀猎物的工具,也属于成年男子的配饰。

古人对穿衣装饰是有严格规定的,什么阶层的人穿什么样的衣服,什么年龄段佩戴什么样的装饰,都是界限分明的。

所以,当一个童子开始佩觿带韘,就说明他对内可以主持家里事务,照顾父母兄弟,对外可以治事习武,骑马射御,此时的男子已经是一个男子汉了,而不是一个小孩子了,要"弱冠弄柔翰,卓荦观群书"了。

古人行了冠礼,就要着相应成人的配饰,还要取"字",现代人一般都是只有名字,而无字,古人是"冠而字之,敬其名也",不仅有"名",有"字",还有"号",比如李白,字太白,号"青莲居士",又号"谪仙人"。

这些都有很强的仪式感,属于古人的成年礼。

做完这些,言谈举止、行为处事,都要有一个大人的样子出来,告别了童年。再和小时候一起玩耍的女孩子在一起时，就不能和以前一样肆意嬉闹了，要遵守成人的规矩礼仪，知道进退有据。

这不免就会严肃很多。

毕竟成年和童年之间有一道深深的鸿沟，人不能总是做一个孩子，整天嬉笑顽皮，不谙世事，有时候，得"端着"。

此处，我们可以联想一下，一个脸庞尚显幼稚的男子，"容兮遂兮，垂带悸兮"，走路做事，端出一副成人的仪态来，似乎有些许的不协调。

所以，朱熹在读完这首诗后，才说了一句，"此时不知所谓"。

而且，诗中还有一句，"虽则佩韘，能不我甲"，此处"甲"通"狎"，狎昵，说的是过分的亲近，联系上文，诗人的口吻应该是个女孩子。

因此，似乎可以理解为，男子成年了，不再与女孩子非常亲近、玩耍嬉戏了，可女孩子还是坚持称呼他为"童子"，说他看起来还是孩子模样，做事情却学着大人一样有板有眼，端腔拿势，真是装模作样，假正经。

这像是女孩子的赌气话，也有点娇嗔的味道。

这个女孩子和诗中的"童子"似乎是青梅竹马，以前两个人在一起无拘无束，轻松自由，亲近无比，现在男子有了变化，女孩顿感不适应，有些不悦，所以才说"能不我知""能不我甲"，希望童子还如过去一样与自己亲密无间，两小无猜。

从这种角度来理解的话，此诗应为恋诗。

自君之出矣　明镜暗不治

伯兮朅兮[1]，邦之桀[2]兮。伯也执殳，为王前驱[3]。

自伯之东，首如飞蓬。岂无膏沐[4]? 谁适[5]为容!

其雨其雨，杲杲[6]出日。愿言思伯，甘心首疾!

焉得谖草[7]? 言树之背[8]。愿[9]言思伯，使我心痗[10]!

——出自《诗经·卫风·伯兮》

注解

1. 伯：兄弟姐妹中年长者称伯，此处系指其丈夫。朅（qiè）：英武高大。

2. 桀：同"杰"，才智出众的人。

3. 殳（shū）：古兵器，杖类。长丈二无刃。前驱：先锋。马瑞辰《通释》中有"执殳为驱"，王家谦《诗三家义集疏》："其执殳前驱者，当为中士。"

4. 膏沐：妇女润发的油脂。

5. 适：悦。

6. 杲（gǎo）：明亮的样子。

7. 谖（xuān）草：萱草，忘忧草，俗称黄花菜。

8. 树：种植。背：屋子北面。姚际恒《诗经通论》：

   "背，堂背也。堂面向南，堂背向北，故背为北堂。"

9. 愿：而、及。

10. 痗（mèi）：忧思成病。

译文

  我的阿哥真威猛，真是邦国的英雄。我的阿哥执长殳，做了君王的前锋。

  自从阿哥东行后，头发散乱像飞蓬。难道没有润发油？为谁修饰我颜容！

  好比久旱把雨盼，偏偏老是大晴天。一心思念阿哥回，想得头痛也心甘！

  哪儿去找忘忧草？种它就在屋北面！魂牵梦萦想哥回，心病难治意难通！

  多情自古伤离别，所以才说"黯然销魂者，唯别而已矣"。

  《伯兮》一诗中，写的一个"别"字。

自君别后，杨柳岸，晓风残月，寒蝉凄切，很多写女子思夫的诗中，有"从此无心爱良夜，任他明月下西楼"的涓涓情思，也有"昔时横波目，今作流泪泉"的无尽忧伤，甚至也有"何日平胡虏，良人罢远征"的殷殷期待和恐惧。

然而，这首诗有些许不同，不仅仅有上述的情感，还有一份骄傲。

开篇四句写道："伯兮朅兮，邦之桀兮。伯也执殳，为王前驱。"

这里面，"朅"字，写了男子英勇神武，而"桀"字，又讲述了他的才能出众，两个字言简意赅，却让读者能一眼读到一个英姿潇洒、气宇不凡、文韬武略的男子形象。这是诗中女子的"伯"，也就是阿哥，就是她日思夜想、相思成灾的夫君。

他在王上阵前效力，"执殳为驱"。

其实，不仅穿衣服、配饰的讲究，要遵循一个"礼"字，古人使用哪种兵器，也有些象征意味。

像《三国演义》中，关二爷，使用的是青龙偃月刀，这刀重约八十二斤，《水浒传》中，林冲，"豹子头"，使用的则是丈八蛇矛。这都是古代的明星武器，他们拎得起，舞得动，说明了他们力拔山兮气盖世，英勇神武。

诗中的男子用的是"殳"。这是一种长柄兵器，长约一丈二尺，柄以竹或木制成，顶端装有棱状的瓠，无刃，以此来击人。1978年湖北随县曾侯乙墓出土文物中，就有七件"殳"。

按照《周礼·夏官·司右》中所说，"凡国之勇士者，能用五兵者，属焉"。这五种兵器都是长兵器，分别有殳、矛、弓矢、戈、戟，能使用这些武器的人才会被称为勇士。

诗中的男子"执殳前驱"，属于勇士，当然是"邦之桀兮"了。

所以，夫君是如此这般难得的人才，就像《兔罝》中所写，"赳赳武夫，公侯腹心"，女子以夫君为骄傲。她崇拜着他，爱恋着他，想象着他的模样，回忆他的千般万般好，也越发地思念他。

"情人怨遥夜，竟夕起相思"，以至于做什么事情都提不起精神。自古都是"女为悦己者容"，可夫君远隔千山万水，装扮再美丽，又给谁看呢？"自君之出矣，明镜暗不治"，从"懒起画蛾眉"，渐渐发展到"自伯之东，首如飞蓬"，连头发都懒得打理了。

这形象，可以想象有多糟糕。

蓬草，其华似柳絮，聚而飞，就像乱糟糟的头发。

就像如今很多女孩子，一到周末一心做宅女，不想洗漱梳头，所以懒得出门。如果有闺蜜约她逛街或者吃饭，她看了看镜子，很多时候会说，"算了吧，还得洗头"。

"岂无膏沐？谁适为容！"难道是因为没有洗发香波？

当然不是了，"谁适为容"，这里的"适"是悦的意思，就是说，没有悦己者，所以才懒得梳妆打扮，就像上面我写的宅女，如果是恋人约她去逛街，大概就不会抱怨"还得洗头"这事儿了，早就描眉画眼、唇彩腮红，收拾一通了。

女人的心思，看来真是古今一理。

天下的女子，谁不愿意与爱人长相厮守，永不离分？可世事难料，送君去前线，虽然有一份骄傲在，但是战场刀剑无眼，生死总归在一线牵，女子独守家中，忧心忡忡，以泪洗面，又怎么能放心得下？

人不寐，将军白发征夫泪，四面边声连角起，千嶂里，长烟落日孤城闭。

人不寐，望穿双眼君未还，回眸袅袅炊烟起，食无味寝难安，繁星已满天。

本诗中，女子心中虽有大义，为了国家，为夫君骄傲，送夫君远行，却也担心不已，以至于到最后竟然相思成灾，忧惧成疾，一病不起，忧思太甚，"甘心首疾"，真真是为君消得人憔悴，衣带渐宽，疾病缠身，始终不悔。

"焉得谖草？言树之背。愿言思伯，使我心痗。"

此时，如果世间真的有忘忧草就好了，我愿采撷一株，种在家中庭院，以治疗心疾，无使我忧。

和慕清一起读诗经

十一月篇

NOVEMBER

浊酒一杯家万里　燕然未勒归无计

击鼓其镗[1]，踊跃用兵[2]。土国城漕[3]，我独南行。

从孙子仲[4]，平陈与宋[5]。不我以归[6]，忧心有忡[7]！

爰居爰处？爰丧其马[8]？于以[9]求之？于林之下。

"死生契阔"[10]，与子成说[11]。执子之手，与子偕老。

于嗟[12]阔兮，不我活[13]兮！于嗟洵[14]兮，不我信[15]兮！

——出自《诗经·邶风·击鼓》

注解

1. 镗（tāng）：鼓声。其镗，即"镗镗"。

2. 踊跃：双声连绵词，犹言鼓舞。兵：武器，刀枪之类。

3. 土：挖土。国：指都城。城：修城。漕：卫国的城市。

4. 孙子仲：即公孙文仲，字子仲，卫国将领。

5. 平：平定两国纠纷。谓救陈以调和陈宋关系。陈、宋：诸侯国名。

6. 不我以归：是"不以我归"的倒装，有家不让回。

7. 有忡：忡忡，心神不安的样子。

8. 爰（yuán）：与"于何""于以"同义，就是"在何处"、哪里。丧：丧失，此处言跑失。

9. 以：何。

10. 契阔：聚散、离合的意思。契，合；阔，离。偏义复词，偏用"契"义，指结合，犹言不分离。

11. 成说（yuè）：约定、成议、盟约。

12. 于嗟：叹词。

13. 活：借为"佸"，相会、聚会。

14. 洵：久远。

15. 信：守信，守约。

译文

击起战鼓咚咚响，士兵踊跃练武忙。有的修路筑城墙，我独从军到南方。

跟随统领孙子仲，联合盟国陈与宋。常驻边地不能归，致使我心忧忡忡！

何处可歇何处停？跑了战马何处寻？一路追踪何处

找？不料它已入森林。

"一同生死不分离"，我们早已立誓言。让我握住你的手，同生共死上战场。

只怕你我此分离，没有缘分相会合！只怕你我此分离，无法坚定守信约！

有一种爱，与恨交织，就像《呼啸山庄》中吉卜赛弃儿希斯克利夫对凯瑟琳的感情，得不到又忘不掉，无尽纠结；

有一种爱，与怨相随，如同宫廷戏中后宫妇人对皇帝的感情，期盼里掺杂着谦恭小心和处处算计，爱得越深，怨恨就越深；

还有一种爱，与怕缠绕，爱得越是浓烈，就越怕失去，就像手捧一个定窑白釉花口瓶，越是完美，就越怕一不小心摔碎了。

处在这种情感中的人，总有一种被命运裹挟的凄凉萦绕心头，情深似海，却怕有一天会天人相隔，永远别离，就像是这首《击鼓》中男子那般，爱人之间横亘一场残忍的战争。

"击鼓其镗，踊跃用兵"，战鼓擂得镗镗响，官兵踊

跃练刀枪，远离家乡，思归不得，嗟怨想家，思念恋人，
想起他们在出征前许下的承诺：

> "死生契阔"，与子成说。
>
> 执子之手，与子偕老。

  我们曾无数次听过这四句话，以为这是最温情缱绻的
句子，以为是愿得一人心，白首不相离的情话；以为是爱
意扎根心头，凤冠霞帔迎来佳人，执子之手，一起度过漫
漫寒夜；以为是熬过凄风苦雨，一起看长河落日和大漠孤
烟，一起携手白头。

  以为这是不离不弃的爱情，所以才钟爱，所以才在少
年时的情书里悄悄写下，送给心上人，所以才在花前月下
的海誓山盟里，深情许诺。

  然而，却不知这四句竟出自一首悲情的战争诗。

  鲁迅先生说，悲剧就是把最美好的事情毁灭给你看。
《击鼓》一诗也是如此，它把现世安稳的幸福一点点撕碎
蹂躏，战火熊熊燃烧，大丈夫当保家卫国，诗中的男子再
也不能悠闲地采菊东篱下，把酒话桑麻，不得不告别日出
而作、日落而息的安逸生活，踏上征程。

"执子之手，与子偕老"，他把一句绝美的誓言，在一个残酷的环境里倾诉，无处话凄凉，处处皆离殇，悲伤埋下种子，蓬勃生长。

"山河破碎风飘絮，身世浮沉雨打萍。惶恐滩头说惶恐，零丁洋里叹零丁"，两个相爱的人因为无情的战争而分别，男子出征，前路凶险，不舍爱侣，也不知道归期何日，读之，令人痛心不已。

这首诗将战争的残酷与爱情的幸福绑在一起来写，枪炮与玫瑰、国与家处在一种撕裂的状态里。思乡情切，却征途羁绊，所以才"不我以归，忧心有忡"，有家不能回，这是多么凄惨的一件事，又怎么能不忧心忡忡，撕心裂肺地痛呢？

这首诗所描写的爱情越美好，誓言越真诚，思念越浓烈，也越让人感受到战争的残酷和无情，诗中男子心中的那份"怕"、那份担心，就越弥漫着字里行间。

君子于役，遥遥无期，让他能坚持下去的信念，就是那一句"执子之手，与子偕老"的誓言。

这情这景，有些像电影《冷山》。英俊的裘德·洛扮演男主人公英曼，在美国内战期间，他身负重伤，生命所剩不多，他之所以能够历经千辛万苦，回到故乡冷山，见心爱的意中人艾达一面，就是因为这种信念，就是因为他怀中那张被揉烂了、边角磨损的艾达的照片。

可是，角声满天秋色里，塞上燕脂凝夜紫，战场上刀枪无眼，分分秒秒间都有变数，能否生还，全是未知。虽然拼尽全力，却谁知道老天答应不答应呢？平安过了今夜，谁又能知道能不能再次挽起爱人的纤纤玉手看明天的太阳呢？

所以，会怕，会伤怀。

第三章写了一个小场景，安家失马，似乎是题外插曲，却是文心最细。《庄子》说："犹系马而驰也。"好马爱驰骋，征人厌久役，这个细节，真实，映带人情。"已恨碧山相阻隔，碧山还被暮云遮"，失去了马，不能一日千里，犹如失去了速速回家的可能性，真真是郁闷极了，悲悲切切的伤感一下子就笼罩了心头，无法自拔。

而在最后一章里，"于嗟阔兮，不我活兮。于嗟洵兮，不我信兮"，诗中的男子也怕那战场凶险，怕那刀剑无眼，怕与爱人从此分离，天人相隔，没有缘分再次相见相守，怕被命运捉弄，没有办法坚守那晚月光下的约定。

所以，诗中的男子是绝望的，也是悲观的，这种情绪在篇尾被渲染得浓烈，让读者感同身受。

"饮马渡秋水，水寒风似刀。平沙日未没，黯黯见临洮。昔日长城战，咸言意气高。黄尘足今古，白骨乱蓬蒿。"

很多沙场诗，都冷冷的，无比残忍，虽说有一种刀光剑影、金戈铁马的豪迈之情在，但是细细读来，会觉得与《击鼓》大为不同，它们字里行间铿锵慷慨虽多，但却少了一份对个体的人文关怀和对真实幸福的重视。这些热血男儿，在战场厮杀，悲壮地牺牲，难道就真的不怕吗？

夜疑关山月，晓似沙场雪，羌笛一声来，白尽征人发。《击鼓》一诗中的又爱又怕，因为想"执子之手，与子偕老"，所以才对生充满了渴望，对死亡充满了恐惧，这是真情的流露，更是最平常的人性反应。

这种情绪，贯穿全诗，如怨如慕，如泣如诉，一种悲凉之情袭上心头，一种小人物在大背景下无能为力、不得不被命运裹挟的无力感油然而生。普通人无力阻止战争，只盼着上苍怜悯，留一丝生机给自己。

杜甫曾作《新婚别》，其中有这样几句：

嫁女与征夫，不如弃路旁。

结发为君妻，席不暖君床。

暮婚晨告别，无乃太匆忙。

虽说诗中的新娘子深明大义，知道国在家才在，她让自己的夫君远征，可悲痛确实真真切切，她自诉怨情，读来，也是无尽悲凉。

战争与否？我们做不了主，很多时候，也只能期盼和平永存，恋人再也没有离分。

可怜无定河边骨　犹是春闺梦里人

有狐[1]绥绥[2]，在彼淇梁。心之忧矣，之子无裳[3]。

有狐绥绥，在彼淇厉[4]。心之忧矣，之子无带[5]。

有狐绥绥，在彼淇侧。心之忧矣，之子无服。

——出自《诗经·卫风·有狐》

注解

1. 狐：一说狐喻男性。

2. 绥绥：从容独行、慢吞吞的样子。

3. 裳：古代男性下身穿着的裙子。

4. 厉：通"濑"，水边的沙地。

5. 带：衣带。

译文

狐狸独自慢慢走，走在淇水桥上头。我的心中多伤悲，他连裙子都没有。

　　狐狸独自慢慢走，走在淇水浅滩头。我的心中多伤悲，他连衣带也没有。

　　狐狸独自慢慢走，走在淇水岸上头。我的心中多伤悲，他连衣服都没有。

　　这首诗，读起来似乎很简单，但是千百年来，聚讼纷纷。

　　有人说写的是寡妇求偶，试想一下，女子看到一个男子从淇水边走来，没有穿衣服，就会想到他没有配偶，就想要嫁给他？这实在是有些穿凿附会，令人费解。

　　看这首诗，要理解诗中"之子无裳（带、服）"，和三个"忧"字，要结合《秦风·无衣》来看。

　　岂曰无衣？与子同袍。

　　王于兴师，修我戈矛，与子同仇！

　　岂曰无衣？与子同泽。

　　王于兴师，修我矛戟，与子偕作！

　　岂曰无衣？与子同裳。

　　王于兴师，修我甲兵，与子偕行。

此处"无衣",指向战争。而在《有狐》中,无论是女子担心的人是"无裳",还是"无带",还是"无服",说到底都是"无衣",没有战衣,或者是战衣破损,进而担心他因为装备不全,会遇到危险,甚至遭遇不测。

所以,才忧心忡忡,"心之忧矣"。

窃以为,这首诗写的既不是寡妇想要再嫁,也不是男女情思,而是征妇怀远,担心深陷远方战场的亲人是否一切平安,其牵挂哀婉动人,情深意切。

那话又说回来了,为什么会担心他没有战衣呢?似乎按照我们的惯性思路,如果是打仗,战备物资不是应该国家供应吗?

不知道大家是否还记得《木兰诗》,木兰在出征前,要"东市买骏马,西市买鞍鞯,南市买辔头,北市买长鞭"之语,要"买",此诗未必尽合现实,但毕竟诗歌来源于现实,从军出征从衣服乃至武器装备都要自备,这种典型的"自带干粮上战场",符合当时的"国情"。

其实,到了唐朝初年时,朝廷实行府兵制,士兵出征的很多装备依旧得自己掏钱购置,"皆自备"。据说,薛仁贵当年跟着李世民东征就是自备的装备。

当兵，要购置啥？《新唐书》交代得很清楚：

首先就是武器，要人均一张弓，三十支箭及一种叫胡禄的箭囊，还要横刀一把。

光这样还不够，还得自己做自己的"后勤部长"，自己带后勤装备，比如，磨刀石啊，毡帽啊，行李箱啊，等等诸如此类。

这还不算完，还得有吃的，要人均携麦饭九斗、米二斗。

接下来就是要购置衣服啥的，要按照着装要求来买，穿明光铠，骑兵还要在身上、腿上和手臂上配置铁甲，背上有长枪。

当兵，可不是那么容易的。除了能拼敢杀，"业务过硬"，还得有一定积蓄，做一个"装备党"。

南北朝时民歌尚如此叙说，《新唐书》如此记载，那西周、春秋时征战的士兵更当是如此了。

故而，本诗以"狐"起兴，看着穿着狐裘的贵人，暖暖和和地走在淇水边，"有狐绥绥"，从容独行，想起在这天寒地冻的时节征战在外的亲人，"北风卷地白草折，胡天八月即飞雪"，不知道他穿得冷不冷，饿不饿？

或许，丈夫出行时没有带上好的装备和衣服，也或许，担心丈夫，铠甲生虮虱，所以才会思之断肠复断魂。

我读这首诗时，总觉得诗中的女子除了担心牵挂外，还有些许的自责在。你想想看，通常家庭里丈夫的衣物多是妻子购置，何况是出征前线的装备，诗中女子担心丈夫"无衣"，总带有一些自责，怎么自己不能为他准备得再周全一些？真想能够给他再送去一些。

所以，在古诗中，"征夫无衣，征妇送衣"，这一母题曾无数次被不同诗人摹写。

这首《有狐》里的这份牵挂和思念，从诗中的三个"忧"字蔓延开来，细微动人，令读者动容。

这大概就是因爱而生忧，甚至是怕，总怕在乎的人受了委屈，遭了罪，如果可以，恨不得替他去承受。

可是，战争残酷啊，想起那句"可怜无定河边骨，犹是春闺梦里人"，忽然觉得很是怜惜诗中的女子。

古来征战几人还啊？

思妇与征人，真的太苦。

叹黍离之愍周兮　悲麦秀于殷墟

彼黍[1]离离[2]，彼稷[3]之苗。行迈[4]靡靡[5]，中心[6]摇摇[7]。知我者谓[8]我心忧，不知我者谓我何求。悠悠[9]苍天！此何人哉[10]！

彼黍离离，彼稷之穗。行迈靡靡，中心如醉。知我者谓我心忧，不知我者谓我何求。悠悠苍天！此何人哉！

彼黍离离，彼稷之实[11]。行迈靡靡，中心如噎[12]。知我者谓我心忧，不知我者谓我何求。悠悠苍天！此何人哉！

——出自《诗经·王风·黍离》

注解

1. 黍：古代专指一种子实叫黍子的一年生草本植物。子实去皮后叫黄米，有黏性，可以酿酒、做糕等。
2. 离离：繁茂。
3. 稷：谷子，一说高粱。黍的一个变种，散穗，子实不黏或黏性不及黍者为稷。

4. 行迈：道上走。

5. 靡靡：迟迟、缓慢的样子。

6. 中心：内心。

7. 摇摇：心神不宁。

8. 谓：说。

9. 悠悠：遥遥，形容天之无际。

10. 此何人哉：这（指故国沦亡的凄凉景象）是谁造成的呢？

11. 实：籽粒。

12. 噎：食物塞住咽喉，这里指哽咽。

译文

　　那黍子已茎叶繁茂，那高粱生出苗儿来。缓慢地走着，心中恍恍惚惚忧愁不安。了解我的人会说我忧郁难熬，不了解我的人会问我寻找什么。叩问那茫茫的苍天，这都是谁造成的呢！

　　那黍子已茎叶繁茂，那高粱抽出穗儿来。缓慢地走着，心中如酒醉般昏昏沉沉。了解我的人会说我忧郁难熬，不了解我的人会问我寻找什么。叩问那茫茫的苍天，这都是谁造成的呢！

那黍子已茎叶繁茂，那高粱结出粒儿来。缓慢地走着，心中难过忧伤哽咽难言。了解我的人会说我忧郁难熬，不了解我的人会问我寻找什么。叩问那茫茫的苍天，这都是谁造成的呢！

这首诗不难，然而字里行间所涌动出来的情感，却是万分艰难，毕竟"国破山河在，城春草木深"，可以感受得出来诗人内心世界是压抑的、灰暗的、忧伤的。

他独自走在故国家园凭吊，想起曾经在阳光下金碧辉煌、巍峨耸立的宫殿，如今是黍麦离离，苔痕已上阶绿，草色入了帘青，曾经是春殿嫔娥鱼贯列，笙箫悠扬，吹断水云间，如今却是众人皆离散。

真真是"独自莫凭栏，无限江山，别时容易见时难"。

所以，诗人才会反复说那句，"知我者谓我心忧，不知我者谓我何求。"

诗人内心是悲恸的，他伤时悯乱，心有不甘，却无能为力，最后只能反诘上天，是什么毁灭了曾经强大的西周王朝？谁应该为这个历史结果承担责任？

对于这个问题，诗人是心知肚明的，众人亦是明了。

周幽王昏庸无能，朝政腐败，任用好利的虢石父执政，激起国人怨恨。

他最有名的故事，莫过于为了美人一笑不惜烽火戏诸侯，他宠爱褒姒，想要废掉正后申侯之女及太子宜臼，改立褒姒的儿子伯服为太子。

宜臼逃奔申国，宜臼的母亲是申侯的女儿。申侯恼怒至极，联合缯国和西方的犬戎进攻幽王，杀幽王于骊山之下。

西周就此灭亡。

所以，才有这首诗。

对于故国家园何以逝去，如此大悲大痛之事，又岂能不知？但是诗人偏偏"明知故问"，艺术效果更加强烈，发人深思。

据说，商朝灭亡，商纣王的叔父箕子在去朝见周王时，路过殷商旧墟，看到宫室毁坏，长满禾黍，非常哀伤，曾作诗《麦秀歌》。

王朝更迭，曾经是西周灭商朝，如今是犬戎杀幽王，罹难的都是百姓。这位周朝士大夫路过旧都，见昔日宫殿所在，皆成为长满禾黍的田地，触景伤怀，作《黍离》一首。

"竹林七贤"之一向秀，经其旧庐，当时日薄虞渊，寒冰凄然，他听见邻人有吹笛者，发音嘹亮，莫名追思曩昔游宴之好，感叹《思旧赋》，其中便有这样几句：

叹黍离之愍周兮，悲麦秀于殷墟。

惟古昔以怀今兮，心徘徊以踌躇。

栋宇存而弗毁兮，形神逝其焉如。

"黍离麦秀"，悲悼故国，这种发自内心的失落和悲凉，被人们传唱了几千年。

如今，唯愿祖国强大，再不会有。

和慕清一起读诗经

十二月篇

DECEMBER

北方有佳人　绝世而独立

厌浥行露[1]，岂不夙夜？谓[2]行多露！

谁谓雀无角[3]？何以穿我屋？谁谓女无家[4]？何以速我狱[5]？虽速我狱，室家不足[6]！

谁谓鼠无牙？何以穿我墉[7]？谁谓女无家？何以速我讼[8]？虽速我讼，亦不女从！

——出自《诗经·召南·行露》

注解

1. 厌浥（yè yì）：潮湿。行，道路。"厌"字读音有不同解释，此处选自中华书局版《诗经》读音，上海古籍出版社版本读"qì"。厌浥：形容露水潮湿的样子。

2. 谓："畏"之假借，意指害怕行道多露，与下文的"谁谓"的"谓"意不同；一说奈何。

3. 角（jiǎo旧读jué）：鸟喙。

4. 女：同汝，你。无家：没有成家、没有妻室。

5. 速：招，致。狱：案件、官司。

6. 家：媒聘求为家室之礼也。一说婆家。室家不足：要求成婚的理由不充足。古代男子有妻叫作"有室"，女子有夫叫作"有家"。之前，我们一起读的《桃夭》中就有"宜室宜家"的说法。

7. 墉（yōng）：墙。

8. 讼：诉讼。

译文

　　道上露水湿漉漉，难道不想早逃去？只怕露浓难行路。

　　谁说麻雀没有嘴？怎么啄穿我房屋？谁说你尚未娶妻？为何害我蹲监狱？即使让我蹲监狱，你也休想把我娶！

　　谁说老鼠没牙齿？怎么打通我墙壁？谁说你尚未娶妻？为何害我吃官司？即使让我吃官司，我也坚决不嫁你！

　　这是一首拒婚诗，写了女子的抗争精神，很有现实意义。

　　诗中的女子，在面对一个曾经欺骗她，如今却以刑狱相逼，要挟她出嫁的已婚男子时，毫无惧色，严词拒绝。全诗没有一个字直接夸赞女子的相貌和德行，但读起来却格外动人，甚至还有些励志。

　　因为字里行间传递出女子的胆气，令人钦佩。与那些艳若桃李，但却唯唯诺诺、以色侍人的古代女子相比，诗中这个敢于说"不"的女子，是"不一样的烟火"，是真正的美人。

　　要知道，这偌大的世界，长得美的女子太多太多了，就算是"垆边人似月，皓腕凝霜雪"，又能如何？毕竟红颜弹指老，就犹如春天的韭菜，老了一茬，马上会有新的一茬长出来，实在不必大惊小怪，但是，美丽且有个性、有自我的女子，却并不多见。

　　千百年来，女子一直作为男性的"他者"而存在，像是泅在水中的一滴墨，虽是飘逸摇曳，但却轻描淡写，微不足道。她们在面对自己不喜欢的事情或者人时，往往会选择默默忍受，想要坚持自己的态度，总是格外艰难。

　　恰如这首诗开篇所营造的氛围一样，阴郁压抑，"厌浥行露，岂不夙夜？谓行多露"，这个被逼婚的女子仿佛被扣留到了某个地方，她拼命想要逃脱，然而道狭草木长，夜露沾其衣，路滑难行，举步维艰，暗示女子抗争之艰难。

"谁谓雀无角？何以穿我屋？谁谓女无家？何以速我狱？"她骂男子逼婚的行径可耻，麻雀即便是有嘴巴，也不能啄她家的房子，而男子明明家有妻室，还非逼她拜堂成亲，实在是龌龊不堪。她不同意，他竟恐吓，要送她去坐牢。

而"谁谓鼠无牙？何以穿我墉？谁谓女无家？何以速我讼？"句式复沓，重复言之，让女子所言之理更具有感染力和说服力，特别是最后两句"虽诉我狱，亦不女从"，她发出铮铮之言，"即使去坐牢，也不嫁给你这个黑心狼"，让人体会到该女子抗暴的坚毅决心。

"宁可枝头抱香死，何曾吹落北风中。"

读这首《行露》，总会让人想起古往今来那些敢于说"不"的奇女子。

西晋时，巨富石崇有一个爱妾叫绿珠，姿容秀丽，妩媚动人，善吹笛，善舞《明君》，她的歌词也填得极好。

"愿假飞鸿翼，乘之以遐征。飞鸿不我顾，伫立以屏营。昔为匣中玉，今为粪土尘。朝华不足欢，甘与秋草屏。传语后世人，远嫁难为情。"

绿珠清歌，为昭君一哭，绮丽婉转，闻之者悲。

后来，贾谧倒台，石崇被视为一党，革职罢官，难逃一死。孙秀觊觎绿珠美貌已久，以前碍于石崇的权势地位，不敢轻举妄动，待石崇死后，他强取豪夺，绿珠不愿意委身他人，奋力挣脱，不惜从金谷园的楼阁坠下，珠沉玉碎，香消玉殒。

绿珠不惜以生命为代价，用这种凛冽的方式，写了一个"亦不女从"的传奇故事。

孟小冬也是这样一个女子。她是"天下第一老生"，杜月笙组织的赈灾义演，因为她而一票难求。那一曲《搜孤救孤》轰动了上海滩，那是她最后一次登台，被梨园界称之为"广陵绝唱"。

她就是这样一个传奇。当初孟小冬嫁给梅兰芳时，所有人也都以为是"天作之合"。她桂香袖手床沿坐，低眉垂眼做新人，梅兰芳锦心绣口，虽说尽了山盟海誓，却不让她住进梅宅，谁承想一代"冬皇"竟被没名没分地"金屋藏娇"了呢？而三年后那场吊丧风波，直接断送了二人的缘分。

孟小冬得知桃母去世，自以为是儿媳，理应尽孝，所以头戴白花，身穿素衣，前去吊丧。梅宅里设了灵堂，搭了凉棚，诵经治丧，吊唁的人络绎不绝，唯独她被仆人拦在门外，福芝芳羞辱她时，梅兰芳竟让她退让。

那时她已经嫁给梅兰芳三年了呀，却不曾踏进梅宅半步，想要在桃母棺椁前磕个头竟也不能！一代菫声菊苑的坤伶，被千千万万的人喜欢和追捧，怎能承受如此的冷遇和屈辱？

她甩下一句，"今后我孟小冬要嫁人，也要嫁一个一跺脚就能让四九城乱颤、天上掉灰的'主'"，毅然离开，与梅郎决绝。

后来，天津《大公报》连续三天登载《孟小冬紧要启事》：

"冬当时年岁幼稚，世故不熟，一切皆听介绍人主持。名定兼祧，众人皆知。乃兰芳含糊其事，于桃母去世之日，不能实践前言，致名分顿失保障。毅然与兰芳脱离家庭关系。是我负人？抑人负我？世间自有公论，不待冬之赘言。"

《行露》中的那个女子，面对不喜欢的男子逼婚时，没有暧暧昧昧，欲拒还迎，而是抵死不从，她指责男子"虽速我狱，室家不足"，逼婚的理由太荒唐。孟小冬在梅兰芳没有履行"名定兼祧"之约定时，没有躲在"缀玉轩"里委曲求全，她断舍离，干干脆脆，她有她的骄傲。

然而，社会上总是有那么一种声音，教导女子要温柔，要忍，要让，可勇敢表达自己爱憎的孟小冬，陪伴着杜月笙，从上海到香港，从繁华到落败，看着他从驰骋江湖的一代枭雄变成一个行动迟缓的老人，倾尽了一个女子所有的似水柔情，谁能说她不是一个温柔的存在呢？

女子要温柔，不是对所有人、所有事都温柔，当有人触碰到底线时，别咬碎了牙咽到肚子里，要有"虽速我讼，亦不女从"的勇气去抵抗，否则，日复一日，年复一年，必然会有更大的伤害找上门来。

这个世界需要女子的温柔去抚平创伤，也需要女子旗帜鲜明的态度去拒绝和减少伤害。敢于说"不"的女子，是独立的，是明亮的，是更有魅力的。这个道理，三千年前的先秦女子都明白，今天的女子更当如此，不是吗？

辛苦最怜天上月　不辞冰雪为卿热

绿兮衣兮，绿衣黄里[1]。心之忧矣，曷[2]维[3]其已！

绿兮衣兮，绿衣黄裳[4]。心之忧矣，曷维其亡[5]！

绿兮丝兮，女[6]所治[7]兮。我思古人[8]，俾[9]无訧[10]兮。

絺兮绤[11]兮，凄其以风[12]。我思古人，实获我心。

——出自《诗经·邶风·绿衣》

注解

1. 里：衣服的衬里。

2. 曷（he）：何，怎么。

3. 维：语气助同，没有实义。

4. 裳：下衣，形状像现在的裙。当时，人不穿裤子，男女都穿裳。

5. 亡：用作"忘"，忘记。

6. 女：同"汝"，你。

7. 治：纺织。

8. 古人：故人，古通"故"，这里指作者亡故的妻子。

9. 俾（bi）：使。

10. 訧（you）：古同"尤"，抱怨，过错。

11. 絺（chī）：细葛布；綌（xì）：粗葛布。

12. 凄：寒意，凉意。以：通假字作"似"，像。

译文

绿衣裳啊绿衣裳，绿色面子黄里子。心忧伤啊心忧伤，什么时候才能止！

绿衣裳啊绿衣裳，绿色上衣黄下裳。心忧伤啊心忧伤，什么时候才能忘！

绿丝线啊绿丝线，是你亲手来缝制。我思亡故的贤妻，使我平时少过失。

细葛布啊粗葛布，穿上风凉又爽气。我思亡故的贤妻，实在体贴我的心。

古人说，"衣不如新，人不如故"，说的是衣服还是新的穿着舒服，人还是老相识交往愉快。

这首诗，很有意思，也让人很感动的一点是，见旧衣服而怀故人。看见了"绿衣黄裳"，针脚细密，"絺兮綌兮”，细葛布啊，粗葛布啊，夏日炎炎穿着身上，透气又凉爽，那是已经离世的妻子深夜挑灯缝制。

男子思之情切，手指摩挲这衣服的纹理，想起了亡妻的贤良淑德，还有对自己的时时劝诫，“我思古人，俾无訧兮”，正是俗话所言，“家有贤妻，夫无横祸”，不由得心中悲恸不已。

沧海月明珠有泪，睹物思人最伤怀。

这首诗很是感人。当年妻子为他缝制的衣服穿久了，也穿旧了，可他仍然不舍得丢弃，常常翻出来看看，想想往日里朝夕相处的时光，妻子相夫教子，“实获我心”。

诗中描述细腻，情感丰富，由外及里，层层生发，含蓄委婉，辗转反侧，读之，泪下。

在我们读了那么多的弃妇诗、怨妇诗后，再来读这首夫妻情深的诗时，其中天人相隔两茫茫的悲凉，总会无声无息地给我们的心灵带来冲击。

人生若只如初见，刚开始时，没有哪一种感情是不能天长地久的，为什么渐渐两个人会离心离德，怨怼于心呢？说到底，还是因为不能“实获我心”了呀！心之忧矣，彼此都不是当初的样子了，没有了心心交印，只能劳燕分飞。

可这首诗里妻子"实获我心",写的是"十年生死两茫茫,不思量,自难忘。千里孤坟,无处话凄凉",从相识到别离,生死之间,男子对妻子的爱情,如空气涌动般缠绵,如日月星辰般明亮。这份思念从未消失,从未停息,灯火阑珊处,抚衣,泪眼朦胧,想起"死生契阔,与子成说"的誓言,未亡人心伤汤汤。

元稹写过一句千古名句,"曾经沧海难为水,除却巫山不是云",意思是说,见过了沧海的水,世间的水就再也不是水了,见过了巫山的云蒸霞蔚,再也没有哪里的云海河山可以入我眼帘。

诗人用"沧海之水"和"巫山之云",表达对恋人的爱之深厚,陈情这世间再也没有哪个女子可以打动我了,天下之大,我只取一瓢饮。用现代人的话说,"除了她,一切都是将就,而我不愿意将就"。

然而,元稹的词品卓然,人品却并不高尚。

他爱上了崔莺莺,到了长安,为了求取功名,竟然抛弃了初恋情人,娶了对他有帮助的韦丛,实在是凉薄至极。他诗中写"贫贱夫妻百事哀"大概也是内心的真实写照,他不愿意与崔莺莺过这种日子,而想走点捷径。

后来呢?他说,"取次花丛懒回顾,半缘修道半缘君"，我想，他心中也是懊悔的，所以为了怀念与崔莺莺的这份感情，他写了《莺莺传》，王实甫以此为蓝本，将其改成了《西厢记》。

这种行径让人鄙夷。对待爱情和面包的选择，不是二者选其一，那些要抓住爱情，拼命去赚面包，才是对内心情感的最大忠诚，也值得众人称许。

写悼亡诗的，在我眼中最有名，也最感人的，当属纳兰容若。

比如那首《蝶恋花·辛苦最怜天上月》：

辛苦最怜天上月，一夕如环，夕夕都成玦。若似月轮终皎洁，不辞冰雪为卿热。

无那尘缘容易绝，燕子依然，软踏帘钩说。唱罢秋坟愁未歇，春丛认取双栖蝶。

还有那首《南乡子·为亡妇题照》：

泪咽却无声。只向从前悔薄情，凭仗丹青重省识，盈盈。一片伤心画不成。

别语忒分明。午夜鹣鹣梦早醒。卿自早醒侬自梦，更更。泣尽风檐夜雨铃。

　　读来，真是泫然泪下，倘若论真情，嫁人当嫁纳兰君。

故乡今夜思千里　霜鬓明朝又一年

籊籊[1]竹竿，以钓于淇。岂不尔思[2]? 远莫致之。

泉源[3]在左，淇水在右。女子有行[4]，远兄弟父母。

淇水在右，泉源在左。巧笑之瑳[5]，佩玉之傩[6]。

淇水滺滺[7]，桧楫[8]松舟。驾言[9]出游，以写[10]我忧。

——出自《诗经·卫风·竹竿》

注解

1. 籊籊（tì）：长而尖削貌。《毛传》："籊籊。长而杀
   也。"陈奂《毛诗传疏》："杀者，纤小之称。"

2. 尔思：想念你。尔，指的是故乡淇水。

3. 泉源：一说水名。即百泉，在卫之西北，而东南流入
   淇水。

4. 行：远嫁。

5. 瑳（cuō）：玉色洁白，这里指露齿巧笑状。何楷
   《毛诗世本古义》说，"瑳，《说文》云：'玉色鲜白

也。'笑而见齿，其色似之。"

6. 傩（nuó）：通"娜"，婀娜。一说行动有节奏的样
子。

7. 滺（yōu）：河水荡漾之状。

8. 楫：船桨。桧、松：木名。桧（guì），柏叶松身。

9. 言：语助词，相当"而"字。

10. 写：通"泻"，排解。

译文

钓鱼竹竿细又长，用它垂钓淇河上。难道我会不思
乡？路远无法归故乡。

泉源汩汩流左边，淇河荡荡流右边。姑娘长大要出
嫁，父母兄弟离得远。

淇河荡荡流右边，泉源汩汩流左边。嫣然一笑皓齿
露，身佩美玉赛天仙。

淇河悠悠日夜流，桧木桨儿柏木舟。驾车出游四处
逛，借以消遣解乡愁。

传说这是许穆夫人的一首诗，写的是卫国女子出嫁别
国、思归不得的事情。

关于许穆夫人，我们之前在读《载驰》时，已经讲过她的故事。

当然了，也有很多专家认为，这种判断证据不足，就如《诗经原始》的作者方玉润，他认为很难判断作者是谁。

其实，作者名称无外乎一个代号，无论是谁，只要创造了美的艺术，就有不朽的功勋。历史上有很多无名氏一样留下了很多华章，自古英雄不问出处，文章亦然，好文章有时一样来自民间。

比如，汉代著名的《长歌行》，很多人都会背诵，却至今不知作者姓名。

> 青青园中葵，朝露待日晞。
>
> 阳春布德泽，万物生光辉。
>
> 常恐秋节至，焜黄华叶衰。
>
> 百川东到海，何时复西归。
>
> 少壮不努力，老大徒伤悲。

唐诗宋词中，还有很多。《诗经·国风》中大部分的作品，都是来自民间采风。自古以来，"高手在民间"，这句话总有它的道理，因为人的感情大多是相同的。

所谓好文章、好诗句，也不过是写出人人心中有、人人笔下无的那种情愫而已。就拿思念故乡这件事来说，先民有望月思乡的传统，也常常有望水思乡的习惯，几千年过去了，我们依旧如此。

这首诗，描述的思乡之情感，并不悲怆，而是一种淡淡的乡愁，仿佛一泓碧水流经记忆深处的岁月光阴，家乡的人情、事物、朋友的音容笑貌，倒影在水面，引人无限思忧。

诗中前两章，诗人在怀念未嫁时的淇水乐事，"籊籊竹竿，以钓于淇"，清风朗日，疏阔的水面，和亲友一起垂钓，嬉戏玩耍，无拘无束，天然自在，没有丝毫的烦忧，该是多么美好的记忆。

只可惜，"岂不尔思？远莫致之"，娘家和婆家，相隔遥遥，千山万水，"女子有行，远兄弟父母"，想归宁，谈何容易？

之前读过的《载驰》，许穆夫人是因为卫国有难，国破家亡，不得不日夜奔波，回到母国，施以援手。回到母国，回到娘家，是有理由的，也是不得不回的。但是，平素里，日子平淡安乐，没有十万火急的事情，舟车劳顿，耗资奢靡，又有什么理由要归宁呢？

第三、四章写的是思乡太深，陷入了想象，幻想自己回乡的情景。此时回乡的自己，已经从妙龄少女，变成了他人的妻子，已经不是当年那个淇水边垂髫的黄口小儿了，她"巧笑之瑳，佩玉之傩"，成了仪态万千的女子，成了父母的骄傲。

只可惜，"故乡今夜思千里，霜鬓明朝又一年"，想象中越真切，回到现实中就越容易忧伤。求之不得，所以，"驾言出游，以写我忧"，青山悠悠，淇水长流，桧桨松船依旧，乡愁依旧，故乡依然在水的那一头。

乡愁，这种情愫，说不清楚，也道不明白。

我们说思念故乡，不过是思念那个地方某个人，思念生活在那个地方的那个天真快乐的自己，思念那熟悉街道，还有熟悉的味道，希望时光永远定格在那美好的一刻。

但是，或许诗人回到了故乡，双脚踏到了故土之上，除了欣喜，或许有一种陌生感，物是人非了，甚至心头还会涌现另外一种思念，比如想念婆家的丈夫和孩子，想念现在生活的、已经熟悉了的城市，也是另外一种乡愁。

唐代诗人贾岛写过一首《渡桑乾》，里面也有这样一种乡愁。

> 客舍并州已十霜，归心日夜忆咸阳。
> 无端更渡桑乾水，却望并州是故乡。

特别是诗中这四个字"无端更渡"，我们的思乡情绪也大多在"忆咸阳"，"望并州"之间摇摆和徘徊。

这是"家"和"世界"，"家"和"江湖"的不同的魅力。

常言说，此心安处是吾乡。可纵使生活中有锦衣玉食，日子过得鲜衣怒马，心里有一个角落是有缺憾的，渴望能够回到故土，安逸度日，但倘若回到熟悉的三姑六婆环绕、日出而作日落而息的小日子里，又会思念"江湖"的冒险。

人总是这样，在家的时候，想念世界的精彩和宽阔，身在大千世界和茫茫人海，却思念故土，恨不能归。

而故乡呢？似乎永远都回不去了，因为她仿佛永远在别处，能够陪伴你的只有那一缕淡淡的乡愁。

和慕清一起读诗经

诗经

后
记

POSTSCRIPT

此时，又是清晨四点钟，我和往昔一样已坐在书桌前，看着窗外的天幕，依旧漆黑而深沉，遥远的天际还有几颗或隐或现的星星，在闪烁着。在一盏暖黄色的台灯、一杯香茗的陪伴下，我的思绪已穿越三千年，回到那个春秋争霸、战国称雄的年代，听着先民的吟唱，开始奋笔疾书。

"晨起温书·和慕清一起读《诗经》"，是我在2016年发起的一项线上读书活动，每天早上我都会在四点钟起床，撰写一篇《诗经》解读文章，大约六点半时发布在"慕清悦读"的微信公众号上，然后共享到"慕清书院"的微信读书群中，和近200名五湖四海的书友们一起品读《诗经》。

在《诗经》学习过程中，我提倡手抄经典，读书群中的书友都认认真真地用笔誊抄《诗经》篇目。还有些书友特别让我感动，他们会全文誊抄我的解读文章，字迹工整认真，他们将自己誊抄的诗文分享到读书群中，对于不懂的地方，他们会和书友们一起研究讨论，读书氛围很浓厚。

有书友说，"晨起温书"，伴着清晨的第一缕朝霞而来，读完后让他们一整天心都很静；有些时候我发布文章的时间稍稍晚一些，他们会在群中催促，他们说，每天早上要看了我的解读文章，才能安心出门上班，或者上课。

在我们"晨起温书·和慕清一起读《诗经》"活动开展到第60天时，书友新月说，因为读了我的一篇解读文章，便喜欢上了《诗经》，"慕清把《诗经》中每篇的主题思想和情感表达，与距离现在更近的某朝代的诗词相关联，让人更加易于理解，产生情感共鸣。而手抄《诗经》，让我们能够静下心来，沉淀情感，重新回味用笔书写的魅力。"她如是说。

很多人说，现在读书的人少了，读经典的人就更少了。其实也不尽然，在我组织这个活动过程中，我发现很多人渴望能够读懂经典，能够亲近经典，只不过他们没有途径。就拿《诗经》的学习来说，有的专家、学者对经典的解读，艰涩难懂，他们的注解、译文尽管严谨，可对于很多普通人，特别是那些对古典文学充满兴趣，但是古文功底不深的人来说，多少有些缺乏生趣。

正如我的很多书友所感受到的一样，古典和现代之间相隔遥遥，想要亲近，却难以亲近。因此，我认为，在经典的传承中，尊重古意，至关重要，但也要打造一座古典与现代之间的桥梁。今人读古书，要用现代的视角介入经典，读出新意，拉近古典与现代之间的距离。

《诗经》经历了三千年的沧桑岁月，凝聚了无数中华儿女的精气神和对美好生活的信念，值得每个中国人来学习，来认真研读。习近平总书记在谈读书时，曾开过一张"书单"，里面有他认为国人应该读的书目，其中第一本就是《诗经》，而我们常说的"文化自信"，其深刻含义里就有对中国优秀传统文化的自信和传承。

我自知力薄，但也想能倾尽绵薄之力，为那些热爱《诗经》的书友们打造一个能亲近《诗经》、读懂《诗经》的微环境。在过去的一年来，我几乎将自己工作之余的所有时间都用来推广《诗经》，有时候觉得很辛苦，但每每有书友们的鼓励，我便有了坚持下去的责任和力量。

一位来自山东的书友留言给我说，因为我，"让自己有了重新读大学，读中文系的机会"，我看到这句留言时很受震撼，也特别感动。还有一位来自河北的退休老人跟我说，"别怕读经典的人少，也别怕没有人看你的文章，像我都是一个人看，要念给好几个人听的，你要坚持做下去。"

这种支持鼓励我的话语还有很多。

我常常觉得无以为报，唯有竭尽所能，做好传承，让更多的人能够读懂《诗经》，让这首原本就是先秦百姓的歌谣，也能被现代人重新吟唱，让读《诗经》在当下生活中也能成为一种时尚，成为一种生活方式。

也因此，从2016年盛夏始，《新华每日电讯》在每周五的"草地周刊"为我开辟了一个"读诗"专栏，刊登我解读《诗经》的文章，责任编辑李牧鸣老师对我的文章提了很多修改建议，我收获很多。还有黄冠、丁永勋、姜锦铭等老师，也给予我很多鼓励，在此表示感谢。

文章在报纸上刊登后，新华社客户端进行转发，很多文章在短短几天阅读量就能过百万，还被很多报刊、网站转发。这也越发让我认识到，经典的生命力、传统文化的生命力是何其强哉！

去年底，我从与"慕清书院"的书友们一起读过的《诗经》篇目中选择36个篇目的解读文章，结集出版，希望能够让更多的朋友看到我的文章，爱上《诗经》，爱上传统文化。

在图书出版过程中，我的朋友、画家李然为图书精心画了插画，我很是喜欢。在我对文章进行重新修订的过程中，我的大学老师、著名历史学者蒙曼，著名作家、鲁迅文学奖得主刘亮程，中国人民大学历史系教授、明清史研究专家毛佩琦，给予了我很多指导，在此表示感谢。

还有新华社原副社长何东君，新华社原秘书长、新华书画院院长张锦，新华网总裁田舒斌，新华社书画院副院长罗祖权，新华书画院副院长李治元，新华社参编部副主任蒲立业，新华社北京分社副社长宗焕平，著名诗人、新华诗叶总编辑周清印等领导、老师和前辈，都曾热心地指导过我的文章，让我受益匪浅，在此也向他们表示感谢。

这本书中的注解、译文我曾参考过周振甫、程俊英等专家的多本著作，在此要作出说明，也要表示感谢。还有新华出版社副社长要力石，这本书的责任编辑刘燕玲、祝玉婷老师，也为此书能够顺利面世，付出了很多心血。还有张海东、李菲、于然、肖伟光、林集东、卢文丽等朋友，谢谢您们曾给予我的那么多帮助。

还有，一直陪伴我和我一起研读《诗经》的"慕清书院"的书友们，邹南、新月、仲夏夜之星、张二可、陈冠霖、whyever、古寒、田墨墨、锦瑟、王川、伊之湄、钟情南山、蒋岩、小吴、秋水如岚、嘉宁等近200名书友，是你们的支持和鼓励，让我一直走到现在。新的一年，让我们继续前行，诵读经典，快乐生活。

最后，我想感谢的人是我的家人。

我儿时从父亲的书架上第一次读到《诗经》，读到了那首《鸿雁于飞》，让我爱上了《诗经》。父亲在我小学一年级时，送给我一个笔记本，让我开始认真记录生活中的点点滴滴，让我从小养成了热爱读书和喜欢记录的好习惯。几乎我的所有文章，我的父亲都是第一读者，他帮我修改，替我编校。谢谢您带我走上这条文学创作之路，谢谢您让我在安静妥帖的生活里，能够激扬文字，在叙述中感受别样的人生况味。

还要感谢我的母亲，她心疼我的辛苦，每天早上和我一起起床，在我写文章时，为我烹制美味的早餐，照顾我的饮食起居，让我没有后顾之忧。还要感谢我的姐姐，她是"慕清书院"读书群中的"书雅"，她在忙碌的工作之余，为我做书友们的读书统计，曾是统计方面的"优秀工作者"的她，特别细致和认真，没有她，我们就看不到书友们一天天精进读书的痕迹。

所以，在此书出版之际，我想把这本书献给我最亲爱的家人，没有你们的支持，就没有这本书的面世。谢谢您们，永远爱您们。

这本书写作匆忙，或许还有一些不尽完美的地方，还望读者在阅读时，多多包涵和体谅。如果有什么想要跟我说的话，欢迎在微信公众号中搜索"慕清悦读"，点击关注，留言给我。

每一个清晨，我都在，与你一起"晨起温书"，悦读《诗经》。

慕清书于京华

2017年4月10日